偶尔美丽

汪苏春 著

文汇出版社

读《偶尔美丽》

初读汪苏春的《偶尔美丽》，只觉书的风格一如她的名字：苏春。

苏春，苏州的春天。

苏州的春天，它早已存在于古往今来的文人墨客、诗人词家的笔端，那一幅幅关于苏州春天的图画、那一首首关于苏州春天的吟唱已经刻在苏州人的心底了；

苏州的春天，它又是有着与中国版图上其他大大小小的城市不同风格的春天，而所有的不同居然是，在那个季节来过苏州的人都颇有感慨但难以言表……

作为苏州人的汪苏春，内外和上下都通透着苏州春天的气息，而这些就是那么不经意地、自然地流淌在了《偶尔美丽》之中：

平江路上洒落着苏州的春天——点点滴滴，太湖的湖水映射着苏州的春天——波光粼粼；

西山明月湾雕刻着苏州的春天——一砖一瓦，十全街上写满了苏州的春天——黛瓦粉墙；

《偶尔美丽》的文笔清新、描述细腻、思路活跃、词句鲜活,不就是苏州春天的样子吗?

再读汪苏春的《偶尔美丽》,更觉书的风格一如她的名字:苏春。

苏春,苏醒的春天。

岁月交替,生命轮回。春天的苏醒是进化的:它积淀了冬天的坚强,秉承了秋天的实沉,还兼容了夏天的火热,正因为如此,春天才能一下子迸发出那不可估量的、难以计数的生命原始能量,且绚烂之处见朴实,张扬之处显谦卑。可以说,春天是个有着厚重感的季节。

作为70后的汪苏春,灵魂和气质都浸透着苏醒的春天的特质:温润、感恩、有责任、自信、大气……

"往事如昨"里能读出浓得化不开的亲情和担当——无法抹去的画面是为高寿的爷爷在生命最后的日子里剪指甲;

"如水情怀"里流淌着各色情怀:红色的——责任和担当;紫色的——女人的温柔;玫红的——情人节的情和爱情中的爱;橙色的——幸福和暖暖……

"孩子笑脸"里则是母亲眼里的一个个故事:一个叫小涵的女孩的林林总总的童趣和情愫足以叫天底下的妈妈们都会嘴角挂着甜甜的笑、眼梢有丝丝感动的泪,心底里那种叫幸福的东西不知何时早已溢出了心田……更有趣的是,你还能感受到孩子那肉嘟嘟的小手在你脸庞轻轻地滑走!

"且行且思"里显现的是一位年轻有为、有责任的公务员的思考和担当。时间可以计算些什么,但有时的确很难计算。八年的未成年工作处的处长,对未成年人工作有多少倾力奉献?在苏州孩子们的笑容中,包含了多少为他们服务的人的心血?一切如同作者所言:十几年的工作经历,赠与了很多的东西:平和的心态、成就的喜悦、宽松的氛围、纯净的心灵!

打开书,在书里;合上书,还在书里。

基于此,《偶尔美丽》可以初读,可以再读,可以继续、慢慢地读。

黄辛隐

苏州大学心理学教授、博士生导师

苏州市未成年人健康成长指导中心首席"苏老师"

照见自己

　　我是"苏老师"，苏春是"苏老师"们的朋友。她要我写序，我居然一口答应了；答应了之后，很惶恐；惶恐之余，一转念，竟释然了。之所以能释然，是因为我以为，"苏老师"是一个关于生命成长的机构，而她的文字就是关于她个人成长的；是因为我在读她文字、感受她成长的时候，想到了下面的这些话：

　　生命成长是对生命存在的完整理解和接纳。

　　生命成长可能不仅仅是，或者从根本上说不是去实现一个更好、更高、更强的自我，而可能只是对生命自身困境和矛盾冲突的一种领悟和接纳，是一种痛并快乐着的体验。成长可能不过只是要锻炼自己去承受"想要的要不到，想忘的忘不掉"的生命里那份不能承受的爱、别离的痛苦和冲突的能力罢了。

　　生命成长可能不仅仅是一种单向的求索和获取，更是一种矛盾的双向视野的拓展和让生命冲突和谐、缓解的行动体验。成长是一个需要从自身出发，不停地向外寻求，但又必须返视自身的过程。在这个过程中，向外求索和返视自身、理解他人和表达自己、追求完美和接纳缺陷,是生命成长必不可少的两种形式和两种矛盾取向。生命成长是要理解这两种矛盾取向对个体都具有不可或缺的意义和功能。过于执着的单向的追求成长的愿望和行动本身,恰恰正是阻碍生命成长的渊薮、肇事者和根源所在,这种方式常常让我们南辕北辙,在生命的困境里愈陷愈深,愈来愈固着。

这是有一年我在"苏老师"年度总结会发言中的一段话,主要意思是:生命成长就是生命个体在热爱并投入生活的同时,可以了解、接纳、承受并处理与生俱来的矛盾和冲突。

读苏春的文字,感觉她在与父母、长辈,与孩子、老公,与亲友、同事,与自然风景,与历史文化,与天地万物,以及与自我心灵的互动中,反复地体验着生命和生活,她在与这个世界的各种各样的关系中不停地返视着自身,觉察着自我,有时有了答案有时又在彷徨探索,有时兴奋有时思索,有时纠结有时释然,有时"小资"有时平民……

或许,正是她这种强烈的、双向矛盾而又渐趋和谐的生命状态,让我这个在吴县乡下田间岸边奔跑着的男孩变成今日的过五男人,在读她的文字的时候,有意无意地感受到了与她这个在姑苏城里街头巷子穿梭着的女孩长就今日的奔四女性,在成长过程中对人生的爱恨情仇和喜怒哀乐之体验和理解的相同和不同,让我在她这面生命成长的镜子中照见了自己,照见了自己成长的足迹和印痕,唤起了自己曾经和正在经历的生命之幸和生命之痛的体验,也更理解并接近了她。

也就是说，一口答应写序的惶恐体验，让我又一次成长了。

苏舟子

教育心理专家、未成年人健康成长指导中心首席"苏老师"

安静和温暖

第一次见苏春,是我 2004 年从上海回到苏州,当时与朋友合办了一个心理咨询机构。那时候心理咨询行业在苏州刚刚起步,大家对心理咨询还不太了解。我们希望组织一个公益活动来提高大众的心理健康意识,通过媒体的朋友,找到了在团市委工作的苏春。她是那种给人亲切感的女生,知性、开朗,又不失女性的精致与柔和。我们介绍了自己的想法,同她探讨了活动目标、计划、工作安排,讨论非常愉快,她也给了我们很好的意见。

2006 年,苏州市精神文明办为了更好地关心未成年人心理健康,成立了苏州市未成年人健康成长指导中心,作为首批中心的志愿者,我再一次见到她,此时苏春已经到了市文明办,负责这方面工作。中心成立不久,举行了一次中秋晚会。晚会在沧浪少年宫的仿古城楼上进行,我是主持人。晚会很热闹,苏春也参与表演节目。她站在了舞台前,青砖垒砌的城墙成为她的背景,远处一轮皓月当空,那个月夜,她表演的是诗朗诵。一开口就让我们所有人都安静了下来,接着人群发出惊叹的声音,但又很快安静,大家在她吟诵的诗句里不禁痴了……

之后，我们常有些工作上的交集。自从全民皆微信后，常常看到她上传的照片，似乎过一段时间她就会让我惊叹一下：散步时平江路的街景、午后的红茶点心、雨天小巷中她打的花伞、带着宝贝女儿做的陶罐、云南洱海边的秋千……这些生活的点点记录，每回都美得让我惊叹，也会让人想象：这是一个什么样的美丽女人？

收到她这本书的电子稿我正好要去汉口，火车上我打开了电脑，看着她的文章，脑中却闪现出她在月光下朗诵的情景，月光如水，倾泻在她的身上，她是如此安静站在那里，那绝美的声音包围着我，我的情绪随着声音起伏，也随着她的文字起伏。

火车上还有一个有意思的插曲：一个年轻的成都商人从常州站上车，坐在我的旁边。手里拿了一本励志的书，我们聊了一会，他在抱怨江南的热，热到让他心慌。虽然车上空调温度适宜，我也看不到他很热的样子，但是感觉得到他坐立不安，甚至按着胸口。我让他试着去看看脉搏和心跳，结果一分钟只有 60 次。这是一个追逐名利的时代，许多人都像这个年轻人一样为了不知道什么样的缘故焦躁着、烦恼着，再低的空调也降不下他们心头焦虑的温度和压力。有时我们开玩笑说，这是一个全民都有广泛性焦虑表现的社会。和他交流了几句，觉得我也帮不了什么，就自顾自安静地读着这本书稿。不一会儿年轻人的目光也移到我的电脑屏幕上。跟着我的速度读了几篇，他问道："您是作家？"我告诉他我是心理咨询师，文章是我的一个朋友写的。他笑着说："我们看的书也不同啊。你看这些，我一般看励志和管理。"我礼貌地笑了一下算是回应，因为不知道他所说的不同是什么意思。而方才还坐立不安如同焦虑发作的他逐渐地安静下来，陪着我静静地看着我电脑中的文章，就这样一路安静地看到了合肥。在快到汉口前，他又问道："你的朋友有网站吗，哪里能看到她的文章？"我才明白过来：这本书给他带来了新的感受。不仅吸引他、让他安静，甚至还引发他阅读下去的想法。而我自己也有了个觉察：这些文章让我感到内心的温暖，这种温暖的感受让我也能安静地在火车上看完一本书，即便对我来说是很少见的。

　　这是一些平常的文字，记录着姑苏城里一个"偶尔美丽"的女人成长的故事，故事中有她和家人的亲密互动，还有她成长中思想的变化、对生命的感悟。这些文字让我对她有了更多的了解，这些文字能让一个焦躁的年轻人感受到并汲取其中的力量，使之平静。同样地，这些文字，让我对她有了更多的理解，也给我的内心带来了安静和温暖。

李莘

苏州慧翔心理咨询中心主任
苏州市未成年人健康成长指导中心首席"苏老师"
苏州心理学会临床与心理咨询专业委员会副主任

序　言

　　时间匆匆，突然已经"奔四"了。三十而立，四十不惑，在这个人生节点上，有压力、有烦恼、更有幸福。

　　最近流行"追忆青春"，《那些年》《致青春》勾起了我们这些70后、80后的青春情怀。我自认为，我的青春还没有逝去，且这个"青春的尾巴"粗壮而有力，看起来毛色丰满，甚至可以拿来分享。

　　于是，我开始着手整理这些年我陆续写的一些文字。说是文字，其实就是一些从学生时代至今的涂鸦，有的发表了、有的记在了本子里、有的写在了博客上……这些文字，记录了我的青春、我的成长。亲情、友情、爱情、怀旧、感悟、思考，不一定有深度，有的甚至十分浅显，编排也没有讲究先后次序，但流淌着我的真情实感，体现着我的满腔热忱。

　　熟悉我的朋友都知道，我在微信、QQ平台上用的名字——"偶尔美丽"。我一直觉得，上帝让你成为女人，你就有责任让自己美丽起来。美丽不一定是外表的靓丽，还包括性格、气质、涵养、学识等。你可以不是最美，但一定要追求美；你不一定每时每刻都美艳,但在该发光发亮的时候一定要让自己闪亮,所以,我特别喜欢这个名字,也一直追求这个境界,偶尔美丽一下,不用惊艳四方,只求这种美丽可以偶然感染到别人。

曾和朋友交流过做好一个女人的一些感悟。管理好自己的身体,使自己保持健康年轻的状态;管理好自己的情绪,学会换位思考、正面思维;服务好自己的家庭,让家人生活幸福;做好本职工作,做一两件特别完美、让自己有成就感的事情;交一批价值观差不多的真诚朋友,分享快乐、分担忧愁;尽可能地帮助朋友,予人方便,于己成长。做到这些,我想应该算是幸福了。我正这样努力着。

感谢朋友们对这本书给予的帮助,黄辛隐老师清新的文字、周震麟老师深沉的笔触、李莘老师真挚的书写,以及姐妹们精美的摄影作品,让这本书更有质感。还要感谢周晨编辑,那个曾经一起坐在"八方印刷"排版的"小青年",现在已经是全国出版设计界的领军人物,由他友情相助,倍感荣幸!深深感谢,感谢伴随我成长的所有朋友们!也期待这本小册子能带给大家一丝温暖、一点力量。

我深信,如若偶尔美丽,必会绚丽绽放。

目　录

1

往事如昨

船

　　大概是因为出生在水乡，对船有着特殊的感情。小时候回乡下爷爷奶奶家过团圆年，都是要坐小船摆渡的。当时觉得很稀奇，"吱——"扭扭船桨前后一摆，船后的水面上便出现一道涟漪，船儿晃悠悠地向前驶去，远望岸边，爷爷奶奶早就在风中翘首盼望了，互相搀扶着，向船上的我们招手，船在我儿时的印象里是团圆的象征。后来，摆渡船从手摇的小木船变成水泥船，从水泥船变成加了马达的大铁船，再后来大桥修好了，就再也不需要摆渡过河了。

　　堂姐在乡下长大，小时候的她最喜欢看热闹了，每次回家过年，都会赶上村上或者邻村人家结婚，她总是欢呼雀跃地一路跑来："快跟我去看船上的新娘子，快！"老家门口的小河浜里经常会有花船驶过，披红戴绿，五颜六色的新被褥，层层叠叠的家用电器，装在脚桶里的糕团点心，琳琅满目，新娘子头披红巾坐在船头，乐队吹吹打打，好不热闹。有时候，花船停在附近，我们就跳上去，抓一把花生、枣子、糖果什么的，把口袋塞得满满的，船上没有人板面孔，大家都嘻嘻哈哈的，哪怕都不认识，尽管拿就是了。那时，我的印象里船是喜庆的象征。后来路面交通畅通了，也就没有人用船来迎亲了，车队一排，贴着玫瑰、戴着大红花，和城里没有什么两样。

　　每次去周庄或者同里这些古镇，总是要坐一坐那里的小木船，似乎不坐船就等于没有去古镇似的。水的味道只有在船上才能最真切地嗅到，斑驳的河埠头、灰白的屋墙、沿河的回廊……在河水中缓缓驶过，伴着水流的声音、有节奏的划桨的声音、岸边大娘用木锤敲打衣服的声音，古镇在视线里更加鲜活起来……没有船，古镇就像没有了眼睛，一切的灵动便难以呈现……

　　前几年开始，环古城运河也开始有坐船游览的新项目了，每次陪同到苏州的客人游览，这个项目是必须的，船一路驶来，苏州的夜晚或明或淡，或清雅或繁华，或古老或现代，文化古城、富裕之都的气质尽收眼底。船上琵琶弦子声串串，评弹昆曲婀娜上演，苏州的味道就这样随着水波荡漾开来……

　　苏州水多，自然船多。太湖边上有个游艇俱乐部，一个很现代、很"小资"的度假会所，里面停泊了大大小小的私人游艇。很多年前参加一次活动，初次体会了那种感觉。坐着游艇在太湖大桥的桥洞里驶过，看一望无垠的湖面闪烁着星星点点的光芒，爬上船头的平台，吹着纯净的湖风，心灵似乎也能跟着净化。在这里，船成了休闲度假的好载体。

　　如今，在水上游览观光，已不是新鲜事了。如果坐在金鸡湖的游船上，变幻着的美景令人陶醉。夕阳的余辉把湖面映照得熠熠闪光,炫得人睁不开眼睛;不一会儿,通红的太阳在此起彼伏的高楼中缓缓落下,晚霞映红了天空;渐渐地,天空由红变淡,由淡变灰,极富层次感的建筑在天空的映衬下慢慢变成一幅幅剪影画;夜了,华灯初上,桃花岛绿了,李公堤绚了,湖滨新天地亮了⋯⋯突然发现,坐在水中看风景,风景更加透亮、纯净;换个角度看世界,世界更加美好、新奇!

随着城市道路交通不断地纵横发达,船的交通功能渐渐弱化,其他功能却越来越推陈出新,它承载着文化,承载着这座城市的气质,承载着越来越国际化的生活、工作方式,让水乡生长的我们变得更为幸福!

念爷爷

　　爷爷走的时候九十三岁,是村上最长寿的老人了,亲友们隆重地为他办了丧事,似乎全村人都参与了进来,像这么大年龄的仙逝,用农村的习俗来说是喜事了。人们用最传统也最热闹的方式,送爷爷走最后一程。他安详地躺在自家的门厅里,穿着寿衣,脸上盖着布头……我可以清晰地从侧面看到爷爷的脸庞,还是一样的苍老,但看起来更黄、更干、更瘦。这个镜头是无法从我脑海里抹去的,它是爷爷给我留下的最后的印象。

　　姑姑们趴在爷爷身旁哭得声泪俱下,而且是三天里断断续续地哭,直到嗓子都哑了,说不出话了,眼睛红肿得让人看起来有点害怕。农村有哭亲人的习俗,哭得越厉害,说明越孝顺,但我相信,她们是真心地悲伤,是发自骨子的痛,因为对于她们来说,爷爷就像家里的一尊佛,善良、慈祥、救苦救难。

　　爷爷的祖祖辈辈都是农民,一辈子受过多少苦只有他自己最清楚。我从小就在城里长大,每年过年才回去一次,小时候倒是没有留下什么特别深刻的印象。只是觉得，爷爷的手总是那么粗糙，掌纹里深嵌着黑色的邋遢；他的鼻子总是红红的，一到冬天总会有鼻涕却不知道擦掉；他讲话的时候，嘴角总会有一些唾沫泡泡，偶尔会拿出手帕擦一擦……直到我长成大姑娘了，觉得自己懂事了开始，便越来越牵挂和关注爷爷了，回乡下也勤了。

　　每次回乡下，我总是匆匆忙忙地，抽下午空的时候跑一趟，带点吃的用的，带点零花钱，坐上个把小时就走。出发前我都会先打一个电话。爷爷知道我要去，就一定会挂着拐杖走到村口，在风中盼着我的到来。一到家里，我就总会搬个小椅子坐在他的藤椅边上，握着他粗糙而黝黑的手，问问身体，聊聊家常。我一直以为"膝下儿女"就是这个感觉，哪怕我已经是"孩子她妈"，对于爷爷来说，还是"最最乖的孙女"。

　　不知道爷爷年轻的时候是不是很坚强，爸爸说，爷爷挑起了一家的重担，供他们读书，教他们做人，是个顶天立地的汉子，但，我看到的爷爷却总是脆弱的，每到我和父亲起身要走的时候，他浑浊的眼里总闪烁着泪花，他不愿意我们看到，用最快的速度擦去，而我，却每次都能敏感而清晰地感受到他眼角的闪烁，他会牵着我的手，一直送到我们上车，然后在风中挥手，挥手，直到我们远去，在我汽车的后视镜里，变成一个点，直到消失……

　　爷爷临走前的一个星期，我做了一件让自己不留遗憾的事情。那天正好我去看他，他在自家的晒场上晒太阳，不知什么事,有些生气,脸色很不好看。我立即像只温顺的小猫一样,坐在他的边上,轻轻抚摩着他的手说:"不生气了,不生气了……"他的表情缓和了很多,不再提不开心的事情了。我握着爷爷的手,发现爷爷的手指甲好长了,因为好久不修剪,里面有一些黑乎乎的脏东西,我说:"爷爷,我帮你剪剪指甲吧。"说实在的,我真没有给别人剪过指甲,除了自己和女儿,何况这是一双多么不漂亮的手啊!爷爷的指甲很硬很厚也很脏,而我认认真真地剪着,很投入。爷爷像个乖孩子,把手交给了我,我看得出他的感动,一边喃喃地说:"春春最乖了,也不嫌爷爷脏……"爷爷老了,指甲长得很慢了,我相信他自己已经很久没有剪指甲了,也没有人会给他剪指甲,可这是我给他剪的唯一一次指甲,也是最后一次……

回去看到病榻上的他时,我还是握住那双像树皮一样的手,我知道,爷爷喜欢我握着他,他城里的有出息的孙女温暖地握着他的手……

爷爷走了,泪水已经喷薄而出,不只是伤心,更是思念,一种深沉而永恒的思念,一种用真实的泪水才能诉说的思念……

冬至大如年

又到冬至夜,苏州人都要过的传统节日,俗话说"冬至大如年",说的就是冬至的隆重和热闹。

晚上要去大姨家吃晚饭。自从外婆走了以后,全家人聚在一起的机会越来越少了,现在一年比较规律地聚上两次,一次冬至,一次小年夜。

大姨每次都会忙活好几天准备这一大桌子的菜,鸡鸭鱼肉样样不少,黄嫩嫩的如意菜和青翠爽口的芹菜是必定会有的,讨个口彩,代表新年里勤劳持家、万事如意的意思。其实我最喜欢的是大姨烧的那个大砂锅,肉圆、蛋饺、鸡、蹄髈、冬笋放在一起,煮得热气腾腾的"全家福",喝上两碗鲜美的汤,浑身就热呼呼了。每年的冬至前夕,总是非常期待那顿并不是山珍海味的团圆饭。听老房子木质楼梯上的脚步声,伸头探去——明姨来了,文姨来了,舅舅来了,表哥表姐来了……一大家子聚在一起,唠唠家常,说说孩子,再忆苦思甜一番,没有主题和中心,说到哪儿笑到哪儿,冷冷的一个朝北小房间会慢慢温暖起来……

不由地想起小时候在南石子街的那段快乐童年。外公是个典型的"老苏州",种种花,养养鸟,夏天里几个蟋蟀罐子是他的宝贝,冬天里,他便在太阳底下泡杯茶,眯缝着眼一个人玩扑克牌。我小时候,去外公外婆家是最快乐的时光。午睡起来,外公会提着那只黑色的皮包,拉着我的小手走去观前街的小吃店,或一碗鲜鲜的小馄饨,或是甜甜的赤豆小圆子,或是香香的鲜肉锅贴,或是晶莹剔透的桂花藕粉……以至于我记得自己都条件反射了,只要看见外公那只黑包就会很愉悦。外公在我六岁的时候就早早地离开了我们,外婆对我的爱便成了我成长中很温馨的一段记忆。

外婆很忙碌,带了一大堆的孩子,我的表哥、表姐、表妹都是外婆一手带大的。她没有像外公那么多的时间陪我,但在她心中,我是最被疼爱的一个。别人送给她好吃的,她都会偷偷藏起来,放在别的孩子找不到的地方,记得每次我去,她总是在大橱的角落里翻出一个饼干箱,里面拿出的或是一包香喷喷的茨菰片,或是一打果单皮,或是一大袋的鲜鱼片……慈爱地塞到我的手里。

外婆的家在一条老弄堂深处,弄堂里有一口老井。印象最深的就是夏天,外婆总把大西瓜包在网兜里放入井里,我们在弄堂里放个竹榻,铺几张席子,拿把蒲扇,一群孩子打打闹闹,说说笑笑。午睡起来,外婆会从井里拿出那大西瓜,当红瓤大西瓜切开的时候,一群小馋猴欢呼雀跃着……咬上去的第一口,那个清凉甘甜啊,不像现在冰箱里的西瓜那种透心的凉,而是一种恰到好处的唇齿感觉,怎一个"爽"字了得。

　　童年渐渐远去,现在自己的孩子也已进入童年,这个冬至夜,我要带着自己的宝宝,再去南石子街看看,看看那口老井,看看那条弄堂,看看我小时侯嬉笑打闹的地方,还看看供台上方我慈爱的外公外婆的照片……

过年

　　如今,"过年"这两个字,除了让人们感受到时间的飞快外,似乎已经没有什么特别的兴奋了。

　　早晨一路上班,广播里在讨论过年的感觉,很多人发出感慨:"生活条件好了,物质条件丰富了,年味儿越来越淡了","自从没有了压岁钱,过年就没有滋味了","要是也像国外有个圣诞老人一样的吉祥象征,也许过年会更生动些"……奖金再多发一点、假期再长一点、春晚再好看一点、年夜饭再热闹一点……对于现在的我们来说,能过这样的年就很满足了。

　　小时候的年味,味道很浓,那是磨灭不了的记忆。那时候不时兴去饭店过年,我们全家都会去乡下和爷爷奶奶团圆。那时两个老人非常的健康,尽管也有七十多岁了,但爷爷的牙口可以嚼得动赤沙豆,奶奶可以一脚跨上一米多高的水泥台到小屋顶上晒东西,他们硬朗得让全村人羡慕。因为硬朗,所以奶奶烧一桌子的年夜饭非常利落,全家聚在一起,吃的什么已经忘记,只记得热气腾腾、暖意融融的感觉了。吃年夜饭的时候还会有些小插曲,邻家的大狗小猫都会聚集到桌子底下,我最怕那些毛茸茸的小东西了,冷不丁地被它们碰一下,浑身汗毛都会竖起来,尖叫一声抱紧了坐在一边的妈妈,搞得大伙儿拍手拍脚地大笑。那时乡下还没有电视机,吃完年夜饭就到屋前场上放烟火,附近几家的孩子聚在一起,看城里带来的烟火。我的胆子小,只敢拿个"狗尾巴花"放放,不过已经很开心了,一会儿转圈圈,一会儿写个福字,笑得合不拢嘴。等烟火变成了满地黑呼呼的纸屑,回到屋里,奶奶已经在桌子上摆开茶水,自己炒的花生、瓜子、糖果、蜜饯摆满桌子,左邻右舍都会跑过来吹牛,天南海北地吹,直到觉得冷得脚指头发僵,才会各自回家睡觉。乡下有东西两间厢房,东厢房给伯伯一家住,我们一家就住西厢房。每次去,被子看起来总是崭新的,闻起来是太阳晒过的香喷喷的味道。一觉醒过来,隔壁灶间烧柴火的味道、铁锅里米烧粥的香味已经弥漫整个屋子。我新年的第一顿早饭一定是两个水潽草鸡蛋加一碗米烧粥,小菜是奶奶自己腌的大鳊鱼和我们带去的肉松啦、腐乳啦,也挺奇怪,对新年的早饭印象怎么会那么深刻,而年夜饭吃的什么倒都忘记得差不多了。因为感受团聚,因为感受乡情,所以小时候的年特别温暖而有情谊。

拿红包、穿新衣、放鞭炮、走亲戚,对于孩子们来说,新年的快乐就在这里。我一直觉得,快乐是可以营造的,当有人埋怨"过年越来越没意思"、"春晚越来越不好看"、"天天吃饭馆,年夜饭无所谓"、"日日穿新衣,过年也一样"的时候,我尽量地给孩子营造着过年的欣喜感。在过年的时候,让女儿穿上平时奢望但不能穿的公主裙和毛茸茸的洁白披肩,想象着她绽放着笑容的红扑扑的小脸,做妈妈的比她还高兴;送一件有意义的礼物给她,让快乐伴随她新年成长的每一天;陪她好好欣赏春节联欢晚会,五光十色的舞台、精彩纷呈的节目、喜庆祥和的氛围,只有在春节才会如此隆重;备好一大箱子的烟火,在七天假期里尽情地放个够、笑个够、玩个够;如果有可能,去南方走走,在椰林海风的美景里感受只有过年才有的轻松惬意……

中国人就要过像样的中国年,不管时代怎么变化,这一年一度的春节永远是中国人最喜庆的节日。张灯结彩,贴年画、写春联,怎么喜庆怎么来;睡懒觉、吃大餐、穿靓衣,怎么舒服怎么过;拿红包、走亲戚、聚朋友,怎么开心怎么做……所以,只要是个中国人,就过个像样的中国年,欢聚一堂、喜笑颜开!

未了情未了画

政协大会的主席台上坐着位领导,花白的头发,慈善的面容,他应该不认识我,但因为他的书《情画未了》,让我对他有了一种别样的崇敬。

我应该称刘振夏副主席为伯伯吧。父亲和他是老朋友,妈妈和他的爱人赵阿姨曾经是同事。我记得小时候还去过他们家吃馄饨,赵阿姨包的馄饨真是让人难忘的美味,直到现在,一提起赵阿姨,我立即想到的就是那碗香喷喷、鲜笃笃的菜肉大馄饨。在我印象里,那时他们家很简陋,房子不大,采光也不是很好,家里的写字台上凌乱地堆满了刘伯伯的画。那时我还是孩子,对他笔下勾勒的"古代老头儿"当然没有感觉,只是听父亲说,他是苏州非常出色的人物画家。

对刘伯伯的印象仅此而已,后来听父亲回家说:"刘振夏当政协副主席了。"再后来自己成为政协委员,每年开会就在台下看着他主持、读报告……

几天前,他给父亲送来了他新写的书《情画未了》。手头在看的书不少,自然也没有在意,父亲不经意间说了句"是三联出版的",我有点诧异。一般来说,领导干部出书大都选个本地的出版社,可以省一些费用不说,发行也可以有些把握,但三联的书可不是随便就可以出版的,这个出版社在我心目中一直有相当的权威,看在出版社的"面子"上,便拿起书翻了起来。

我对画绝对是外行,除了四岁的女儿对我的"画技"崇拜得五体投地以外,从来没有觉得在这方面有特长,但刘伯伯的画是任何一个外行都能欣赏、品鉴和感悟的。他笔下的人物是不能用栩栩如生、惟妙惟肖来形容的,我喜欢他干净利落的人物线条,从容、淡定而有力量……我喜欢他捕捉人物情绪的一种敏感度,回眸、转身、或茫然、或愉悦……我喜欢他色彩的布局,干净、鲜明、或淡或明、或清或艳……一个完全不懂画的人,在手捧《情画未了》的时候,首先是被它的每一幅插画所深深吸引。

被一幅幅画所吸引,自然想探究这是怎样一位才华出众的长者,他有怎样坎坷而又精彩的人生……细细读来,直至深夜两点,感动与震撼溢满内心。

从抗日战争、解放战争,到新中国成立、自然灾害年代,再到"文化大革命"、平反,再到改革开放、艺术的春天,刘伯伯名门后代的身世、多灾多难的经历、曲折凄美的情感,足以让他的这本自传厚重而丰满。

掩卷感叹,一个已近花甲的老人,能有如此或清雅或朴实或炽烈的文笔,实在令人佩服。作为对他稍有了解的小字辈儿,作为一个女性,更多的是关注书中的"情"。关于爱情,应该是书中最绚丽、最跌宕、最凄美的华章。积聚内心的、无法排解的情感夹杂着油墨香翻涌着,我甚至觉得那是当时他写下的日记,似乎每一个字、每一句话中都溢满了情感。哪怕是东山夜晚的一段景致描写,哪怕是路灯下木门边的一段对话描写,都是"情透纸背",点点滴滴都是心潮澎湃的感动,无法想象用三十年前的回忆能够写出这样的文字。

人们之所以用"凄美"两字来形容爱情,往往是因为美好的爱情终究是场悲剧,但对于刘伯伯来说,经历了凄美的情感纠葛后便走向了生活的喜剧。天时、地利、人和,把他的人生带向了光明,幸福的家庭、贤惠的妻子、孝顺的女儿、远在海外却终得团聚的家人、一帆风顺的事业……

真心希望刘伯伯永远拥有这份平淡的幸福,波澜不惊、澹泊明志,拿着那支神奇的笔,画下更美的图景!

父亲动手术

父亲终于下决心做手术了,他的眼睛一直不好。儿时的我看他,架了一副黑边眼镜,中山装的上口袋里插了两支笔,俨然像个学者。长大一些了,他的眼镜换成金丝边的了,笔也不插在口袋里了,但常年的文字工作已经把学者的气质写在了脸上。如今,他的眼镜换得一副比一副好,但终究调整不了他的视力。

在我看来,爸爸的眼睛是用坏的。记得小时候,家很小,书房、卧室、客厅、厨房没有分得那么清,我们睡觉的床边就是爸爸的书桌,书桌上摆着一只发着淡淡白光的旧台灯。多少个夜晚,当我从睡梦中醒来,爸爸还趴在台灯下写啊写,我不知道他在写什么,只看得见桌子上厚厚的一叠涂满文字的稿纸。那时,他是市里领导的文字秘书,大量的讲话稿、工作报告、情况材料都是靠笔一字一字写出来的,哪有电脑可以劈劈啪啪打字,可以查阅资料随手补充,几千几万字的稿子,就在写字台上酝酿,所谓"爬格子"真是生动,一支笔沿着稿纸的格子不停地爬,爬到两眼昏花、头皮发麻……

就这样写啊写,秘书做长了,就成了秘书长了,然而文章还得写,还得改。爸爸看稿子的距离越来越近,有时候要换副眼镜看,有时候要拿掉眼镜看。他自己知道,眼睛不行了,出问题了。上海眼科专家说,这叫黄斑变性,发展得很快,再不手术有失明的可能。毕竟这样的手术在眼科手术中属于比较有难度的大手术,而且发生问题的黄斑在比较难处理的位置,爸爸和我们都是有些紧张的。但治病是当务之急,眼睛坏了,是会大大影响生活质量的,我们举家奔赴上海,陪爸爸做手术。

手术两个半小时,听说是一个在亚洲都有名气的医生开的刀,她说手术很成功,我们也就放心了。可接下来爸爸日子挺难熬,他得时时刻刻地趴着,是趴着不是躺着,即使是走路,脸和地面也要呈水平状,一天二十四小时都要持这样一种状态,想象着都是挺痛苦的,他笑说:"现在体会到那些在'文化大革命'被批斗的感觉了,日子不好过啊!"爸爸是家里的精神支柱,他一开刀,全家都心系着他的病痛,连少不更事的宝宝也知道给他轻轻捶捶背,唱她改编的《营养歌》:"阿爹阿爹我爱你,阿弥陀佛保佑你,愿你有个好身体,健康又美丽!"全家都在祝愿,祝老爸早日康复,眼睛清亮亮。

短短的分离

　　一大清早,一场大雨把城市淋得湿漉漉的,雨下了五分钟,就五分钟,空气中的雾气驱散了,一个清亮亮的早晨。

　　秋天的早晨逢一场短雨,而后是明媚的阳光,这在我的印象里是很少有的,突然想起了一个词语"洗尘"。先生要远涉重洋培训学习一年,天公作美,特意送来一场及时雨,把道路冲洗干净,为他们一行铺开一条通亮的道路。

　　去机场的一路非常顺利,他一路握着我的手,不说话,偶尔侧过头对我一笑,我知道,他怕泪点极低的我情绪一来,当着众人的面哭红了眼睛,那会很难为情的。所以他也不多说什么,只是关照:照顾好两头父母,自己当心,一年很快的……

　　机场的候车室一派其乐融融的景象,二十多个家庭,老老小小,这个在帮着拉拉背带,那个再叮咛几句;这家的儿子抱着妈妈转圈圈,那家的母亲反复对儿子念叨着注意身体……合影、献花、拥抱……当一个个程序进行到最后的时候,气氛一下子就变得伤感起来了。我出发的时候就提醒自己不能掉眼泪,可是当他的背影走向验票窗口的时候,当他回头朝我挥手告别的时候,当他示意我先走他再进入候机大厅的时候,泪水怎么也忍不住地涌了出来,我赶紧用手背抹干,捂着通红的鼻子,不敢让别人看到。那时,我一次又一次地告诉自己,时间很短,就一年,通讯很方便,天天能见面,可是,那种分离的酸楚却排山倒海般涌来,久久不能排解……

回到家的我,面对偌大的房间,觉得心里空落落的。洗掉了他昨天换下的衣服,放好了他常喝的运动水杯,挪开了床上并排的枕头,我真的要开始独自生活了。

生活就是这样,永远不会一成不变,总是有一个又一个的坎儿等着你去跋涉。他走前,大姐说:"短短的分离才有长长的幸福!"我在心里铭记下了这句话,这是一句安慰,也是一句祝福。于我,只要有长长的相守就是最大的幸福;于我们,一切的一切都是为了幸福的相守。

我喜欢平静安然的生活,但生活往往是多姿多彩的,一天安宁日子都不给你过。这不,明明已经一切安顿得舒舒服服,偏偏要来点涟漪,让你喜欢也不是,逃避也不是,接受很无奈,拒绝又不甘……我平静的生活突然被一种分离打破,而分离会衍生一种希望、一种憧憬、一种向上的力量,于是,爱也不是,恨也不是……

他去地球的那一边了,一个和我们这里日夜颠倒的国度,这一年,我们只能依托网络、电话、短信告之彼此的冷暖,"冬寒记得加衣,夏日别贪凉"这样的话用网络"两地书"的形式表达会更添几丝浪漫。我一直在反复搜寻让我释怀的理由,比如一年很短,转瞬即逝,比如距离产生思念、产生美,比如机会难能可贵,不容错过……所有的理由都让我坚信,克服一下,一切很会美好。

人生本来就充满期待,送别的是过去,迎接的是未来!

淡淡回忆浓浓情

父母就快搬新家了,因为有我许多儿时的东西,要求我回家清理。这么多年,小学、中学、幼师到大学,陈芝麻烂谷子的东西太多了,整理,让我在淡淡的回忆中体会着浓浓的情谊。

翻开抽屉里的一张张照片、一叠叠贺卡、一本本笔记、一沓沓书信,可以用心潮澎湃来形容,过往的一幕幕展现在眼前⋯⋯

初中毕业的同学的留言本

当时,自己觉得是大人了,很成熟了,现在看来,忍俊不禁,留言本上同学们有谈理想的,有说秘密的,有对未来寄语的,有对我的评价,现在看来,点点滴滴都回味无穷,他们有的说喜欢我的歌声,有的说我成熟,有的说我善良,有的说我热情,更有甚者说我"FFDD"(大概是疯疯颠颠吧)⋯⋯已经想不起来我的初中时代有多么活泼得过分了,以至于被男孩评价为"FFDD",我只记得我一放学就和一群孩子骑着

自行车冲到南园的土墩墩,买个烘山芋,坐在林子里看夕阳
映在护城河上;记得每次班上文艺演出,我不是唱歌就是跳
舞,还充当导演的角色,手舞足蹈地策划一个个节目;记得一
下课就趴在窗台上和一群女生一起学小虎队的歌,还把歌词
抄在树叶上夹在书本里;记得把男生给我的信撕个粉碎丢在
抽屉里被班主任一点一点拼起来,然后找他"谈话"……都
是以往的岁月,不管当时是开心的、激动的,还是紧张的、烦恼
的,现在看来,都是美好的,这一页翻过去了,变成了记忆中的
瑰宝……

幼师挚友的照片贺卡

这是一张燕子自制的贺卡,封面是我们俩在柳树下的合
影。我们倚着树干,叶子轻轻垂在我们的肩膀,我戴着大大的
眼镜,她扎着短短的小辫儿,像两个文艺女青年,很诗情画意
的样子。她在贺卡里写了很多情谊绵绵的话:"认识你是我生
命里的幸运,因为有你陪着,我们的生活才这样绚烂……"诸
如此类,像是情书似的。贺卡里面满满的都是贴纸,每句贴
纸上都有一句话,着实是下了功夫的。想想真不容易,和燕
子认识十五年了,我们从孩子到成人,从小姑娘到为人妻,从
少女到孩子她妈,十五年来的情谊一直延续着,尽管只是偶尔
一个电话,一年聚上一两次,但一百公里的距离并没有阻碍这
段情谊,我们将永远是好朋友,直到白发苍苍……

实习时和孩子们的合影

我实习过两个学校,却完全是两个等级,一个是现在女儿就读的机关幼儿园,另一个是自己的母校十中。抽屉里有两样东西我一直珍藏着,一个是我在幼儿园实习时和孩子们的合影,另一个是中学实习结束后孩子们给我写来的信。想来照片上的这些孩子当初也就和我宝宝这么大,调皮的男孩儿可以在上课的时候到教室外面跑一圈再回来,乖巧的女生每天下午一起床就嗲嗲地腻到我身边让我扎辫子,每天下午都要梳好多女孩子的头……想来现在这些小孩应该都已经长成大人了,在读大学了吧……还有一些十中我带的那个班的孩子给我的来信,那是一群正在青春期的孩子,有太多的烦恼要找人述说,他们信任我,把我既当老师又当朋友,其实,做老师是有很多乐趣的。这辈子不可能再做老师了,就把这些东西珍藏吧,留下一段为人师表的足迹……

工作以后第一次去南京培训时的纪念照

因为是第一次外出学习培训,留下的印象特别深刻。那是秋天的 11 月,刚到南京就开始降温,特别没有想到的是,竟然在 11 月下起了雪,我们苏州一起去的三个"同盟"只好到商场紧急添衣,可男同志一个女同志两个,这样的结构不太平衡,于是只能委屈先生了,跟在我们后面,顺便还拎拎包什么的。十年时间,现在,我们三个人竟然都到了宣传系统,男生成了区里的宣传部副部长,另一位女生是县里宣传部的办公室主任,我也在 2005 年年底调到了市委宣传部,想想缘分这个东西挺神奇的,上天安排好你们要在一起,想分也分不开的……

三年电台兼职主持人的编辑本

还是在求学期间,我就取得了几家普通话一等甲级证书,还获得过苏州市广电播音主持大赛第二名,因此连续三年担任苏州广播电台的兼职主持人,为此留下了一本本厚厚的笔记,三年来每一次电台的节目串联词都写在上面,下雨了,天晴了,橘子红了,新绿冒芽芽了,都会"咏颂"一番,现在看来,文笔虽然那么稚嫩,但却是当时的真情流露。那时真好!看到好的文章可以在节目中用自己的声音和大家一起分享,听到好听的歌可以找来在节目的间歇放给大家听,自己随手写的东西也尽可以拿来播送,看似工作,实是享受。直到本单位领导知道后,含蓄地告诉我"要注意工作身份"的时候,才不舍地离开了直播室,告别那些同年龄的同事们。那个播着节目会默默流泪的莫凡还好吗?那个清高而又多情的梵儿在哪里呢?那个满嘴玩笑的"海光叔叔"还是那么潇洒吗?……

记忆实在是美好的东西,把它封起来,偶尔拿出来晒晒,暖暖的感觉遍布全身……

怀念丰雷

前天去看丰雷了,爬了好多好高的台阶,在一棵苍翠的松柏下,他长眠在那里。那里有山风,有阳光,远眺有湖泊,有绿野,一切都是他喜欢的。同去扫墓的哥们儿陪他抽了一支烟,笑着回忆过往一道的嬉戏,说共同经历的趣事,仿佛他就在身边,从未离去过……丰雷就是这样,他有一种气场,永远给人快乐、向上的力量。

这几天,时不时就会想起他,会打开电脑里的聊天记录,看看他写下的幽默的"慕式讽刺",会想起电话那头他曾对我真诚的鼓励,会回忆三五好友一起聚餐时的快乐……一切都仿佛就在眼前,一切又已经灰飞烟灭。仔细想想,丰雷似乎并没有真的离开,想念他的时候,眼睛一闭,他又活灵活现地瞪着大眼睛,咧着嘴,说着俏皮话。

和丰雷认识的时间不算长,2005 年年底调至新单位,才认识了这位大我十岁的资深处长。由于处室之间的业务联系也不多,真正交流的机会其实很少,但几次会议的发言、生活中的聊天,让我对他有了第一印象:真诚、阳光、聪明。这种好感拉近了我们之间的距离。

丰雷很健谈。哪里有鲜为人知的旅游胜地,哪里有新鲜出炉的美味佳肴,哪本好书值得一看,哪篇文章写得荡气回肠,他都会不时地与大家分享,而且眉飞色舞、激情四射。丰雷很好动。他总是个闲不住的人,中午满身湿漉漉地回到办公室,要么就是去水库游泳了,要么就是去羽毛球场打球了;外出考察,我们还睡眼惺忪,不情不愿地爬起来,出门一看,他早已绕着绿树葱葱的宾馆跑了好些圈了;结伴旅行,大家都累得趴下了,他一个人又会钻到哪个旮旯里饶有兴致地"探索与发现",回来后喜形于色地和大家笑谈趣味经历。丰雷还特真诚。记得一个朋友评价丰雷,说他的优点是真诚,缺点是太真诚。他活得很自我、很率性,喜欢就是喜欢,不喜欢就是不喜欢,在理的事情就拼命干,不在理的事情决不干。

感动的是,我的每一点成长,总能得到丰雷的真诚关心,哪怕在他病重期间,要么打电话,要么在网络上给我鼓劲,很多人生的感悟和多年积累的顿悟会时不时地与我分享,那种温暖的关怀和鼓励让我充满了感激。

丰雷是个重情谊的人。记得他的桌子上总是放着一本台历,台历上有着三张幸福快乐的笑脸,他、他的爱人小范和儿子。说起家人,他总是充满着温情,从不遮掩对爱人和孩子的爱,他一边翻着台历,一边给我介绍,这是几月份全家在哪个海边拍的,那是什么时候全家爬哪座山时拍的。说起小范,很自豪地介绍"她可是范仲淹的正宗后代",贤良淑德;说起儿子,更是故事连篇,言辞生动得让我们捧腹大笑。正因为他的重情重义,他的朋友可以放下所有的工作,天天陪在病床边,直到送他离开。他曾经说:其实人的一生最放不下的,最留恋的只有"情"字,亲情、爱情、友情弥足珍贵,除此之外,什么都是浮云。

丰雷就是个浓墨重彩的人,一个有"味道"的人。生命的意义在于它的厚度,而不仅在于长度,他的一辈子很精彩、很绚丽,去了很多地方,尝了很多美食,积累了很多知识,有了很多思考,爱了很多人,也被很多人爱……他足够厚重,厚重到能永远记在我们心中。

生如夏花,死如秋叶,他做到了!曾经绽放的人生如此精彩华丽,走好,阳光快乐的好人,走好,充满魅力的丰雷!他用树葬的方式彻底将自己融入了自然,那是他最热爱的大自然,从此,他将不再离去,生命之树将生根、发芽、壮大。

脆弱与坚强

　　一早,接到了主任打来的电话,告知我一个噩耗,部里的一个年轻同事因为车祸突然去世了。我惊出一阵冷汗,接着涌来长时间的悲痛和感慨。小张只有三十二岁,山东人,高高的个子,年轻的面庞,一个老老实实的本分人。周五晚上,他赶了末班车回常熟和新婚不久的妻子团聚,乘坐的大客车发生了重大交通事故,在事故中,他当场死亡。

　　我和小张平时接触不多。有一次单位组织外出考察,一路聊天,觉得他挺内向,大多是我问一句他回答一句。我倒是对他的手机印象很深,一款颇旧的三星手机却放在一只用棉布做的小袋子里,每次发完短信或打完电话,总是小心翼翼地把手机放进去。一路上他总会留心帮我提提箱子,拎拎东西,因此在我看来,他是一个细心的人。

　　直到周六,听到噩耗,我还是不相信自己的耳朵,这样一个活生生的小伙子,怎么会说走就走了呢!从农村走出来,因为努力,读上了大学;因为勤奋,留校当了老师;因为出色,调入了党校;因为机遇,进入了党委机关……一切美好刚刚开

始,幸福的生活刚刚起程,然而风帆还没有扬起来,船儿已被
大浪卷走,不禁黯然神伤……就在不久前,单位老刘主任的爱
人也在没有任何征兆的情况下突然生病走了。五十三岁的年
龄,丢下了和她朝夕相处三十载的爱人和刚刚结婚的女儿,丢
下了她年近九十的老父亲和她一手操持的那个家……刘主任
曾说:"老了,孩子有她的生活方式,只有老伴靠得住,我退了
二线后,就和老伴两人'伴伴儿'。"现在,老伴没有留下一句话
说走就走,留下了头发大片大片变白的他。

　　人的生命怎会如此脆弱!命运的安排怎会如此残忍!人
生的劫难怎会来得如此凶猛!心情不由得沉重起来。窗外
春雨正在悄无声息地滋润着土地,绿树正在吐出嫩嫩的新
芽,山茶花正在娇艳地开放,马路上的车子还在有条不紊地
行驶着,行人也不紧不慢地行走着……这个世界一点没有改
变,一个人的离开是那么的微不足道,哪怕亲人们觉得天都塌
了……

　　生命如此脆弱,人活着就更应该坚强!

　　烦恼也好,挫折也好,痛苦也好,忧伤也好,都是人生的插
曲。挨过了,就像乌云随风散去,海阔天空,一片灿烂,充满微
笑地生活;挨不过,就像垃圾积聚在内心,挥之不去,愈演愈
烈。我们都有这样的经历,曾经在生活中遇到的一些小挫折,
过些年后回头看来,是那么的微不足道,禁不住笑看当时的
幼稚;曾经在事业上承受的一些小磨难,经历了再回顾过程,
是那么的不足挂齿,禁不住感慨磨难给你成长的锻炼。在生

命面前,一切都是渺小的,善待自己,坚强而认真地过好每一天,将是人生最大的享受。

对于这个世界,每个人就像是一只小得不能再小的蚂蚁,再强大,不过是一只蚂蚁,只有让自己的内心充实而坚强起来,过好平凡而幸福的每一天,始终把脸朝向太阳,心灵便会阳光起来,人生便会温暖而亮堂起来!

两个男生的变化

　　最近接到了两个久违了的朋友的电话,听了好半会儿才听出是谁。两个曾经的男生,现在的商人,都让我放下电话忍不住地咋舌,那种脱胎换骨的变化就像是电视剧里的情节一样不可思议! 这个世界啊,让人眩晕。

　　男生一曾经是一个学校的青年志愿者服务队的队长。学校里他是个小领袖,带领着百把号同学深入社区、服务居民,把志愿者工作搞得有声有色,在学校的争取和他的努力下,服务队还得了个全国先进。在所有人眼里,他是一个好学生、好队长,思想上进、工作能力强。中专三年级就入了党,俨然"又红又专"的一个好青年。我认识他的时候离现在相差不过七八年吧。他说现在自己的业务主要在北京,做绿化工程,赚奥运的钱。用七八年的时间积累,当个老板不算稀奇,然而,他电话里谈吐的变化却着实让我诧异。我说:"你爱人留在苏州也挺辛苦的,你们两地分居啊。"他回答:"她要我的钱,只得熬啊,反正北京的漂亮姑娘多,我是没有关系的。"我说:"既然赚钱那么辛苦,就悠着点,钱是赚不完的,关键是心态和心情要把握好。"他回答："不行啊,老婆那么多,不拼命怎么行呢,她开口你就都得答应,也要面子的啊!"我说:"你赚钱的境界就这么低啊!"他回答:"哈哈,现在做生意都这样!我在北京请吃饭,他们都说,吃饭简单点,吃好了活动活动,我就知道了呗,全程安排好啦……"我实在听不下去了,赶紧找岔挂了电话。曾经的一个"好青年",在纸醉金迷的世界里竟然变成这样一个俗不可耐的"低级商人",不禁打了个寒颤。看来一个没有定力、没有正确价值观的人,会轻易地被不良环境所污染。年轻着呢,洁身自好吧!同志。

男生二就更是稀奇了。十年前,在一个寺庙里,一个十分俊秀的小和尚,在大殿的角落练书法,字迹沉稳秀丽。其他小和尚都在念经做功课,而他却悠哉游哉写着书法,我不禁有些纳闷,就上前和他说起话来。他说他是灵岩山佛学院毕业的本科生,不跟着小和尚们一起做功课是他的"特权",他是庙里的使者,负责对外交流工作。我记下了他的法号,从此便没有再联系。因为工作关系,我曾经有一段时间负责全市青年统战工作,便又有了联系,也听说了他的进步。他当了那个寺庙的监院,又成为了当地的佛教协会副秘书长,后来又当选苏州佛教协会的副秘书长。三十岁不到的年纪,在宗教界有如此地位,也实数难得。就在事业渐入佳境的时候,有一天突然听说,他失踪了!一夜之间,人走了,房间空了!再次听说他的消息的时候,他已经是一个知名品牌服装的总代理,企业老板的侄女成了他的爱人,还生了个可爱的女儿。最近企业进行了一次盛大的广告宣传活动,销售量突飞猛进,刚打了一个漂亮仗。他在电话里说:"十年没有见了,什么时候聚聚。"一个曾经吃斋念佛的僧人,现在的乘龙快婿、总代理,实在是难以想象。相信一句话"是金子到哪里都会发光"。一路走好吧!

这个世界变化快,人人思变,万物皆变,有的越变越好,化腐朽为神奇;有的越变越糟,化神奇为腐朽,但不论怎么变,都应尽量变得合理、适度,变得科学、进步。人常说,人各有志。我想,只要合法,只要合乎道德,外人很难评述是非。不过,但愿世间多一些丑小鸭变白天鹅的美丽之变,少一些小白兔变狼外婆的丑恶之变。

苦涩而美丽的琴声

对于沧浪区实验小学六年级学生姜瑛和她的父母来说，今年的 6 月 18 日是个大喜的日子。这一天，姜瑛以钢琴课程全体考生第一名的好成绩被南京艺术学院附中录取了。

姜瑛的家就在十梓街上，说是家，其实是一间很不起眼的小水果店再加上屋后的房间，总共不足二十平方米。谈到姜瑛的成绩，四十六岁的姜瑛父亲脸上洋溢着由衷的喜悦，手捧着女儿一大叠鲜红的奖状，他说："我们家没什么值钱的东西，最宝贵的就是这些了！"为了姜瑛，花心思最多的就是爸爸。

姜瑛两岁半就上了幼儿园，一点点大的孩子，声音特别响亮，旋律感、节奏感特别好，她时常坐在老师的风琴前就是不肯下来，老师告诉姜父，姜瑛是个有音乐天赋的孩子，有条件应该让她学钢琴。有了这句话，只有初中文化的爸爸咬紧牙，借了几千元给女儿买了一架斯特劳斯钢琴。硕大的一架钢琴放在唯一的一间仅十二平方米的房间里，实在有些局促，而姜瑛就是在这间局促的屋子里弹出一首首高难度的曲子。水果店里有一辆小黄鱼车,原本是进货用的,后来竟成为了姜瑛爸爸风雨无阻接送姜瑛上钢琴课的专车。每次送姜瑛上课,一只录音机、一本小本子是爸爸必带的两样"法宝",回家练习时,姜瑛记不起来的细节爸爸却了如指掌,他是姜瑛的"业余陪练老师"。

键盘上的节奏很难掌握,姜瑛一边弹,爸爸一边用一米多长的尺子在地上给姜瑛打拍子,这么多年,长尺都不知打断了多少把,爸爸也从斗大的音符一个不识到现在可以给女儿出八级乐理的试卷,姜瑛爸爸说:"现在再难的谱子我也能读,完全没问题。"

姜瑛家里的琴谱让许多钢琴老师都很羡慕,这些都是爸爸的功劳,只要有好书,再贵他也想办法去买,特意跑到上海、南京去买书也是经常的事,他说,这些书有的都是绝版,现在已经都买不到了,姜瑛以后一定用得着。在这个家里,除了钢琴,最珍贵的就是这些书了。

很多人都不相信,姜瑛的妈妈竟然是个文盲,外表精干却不认识字。妈妈说:"我是农村人,从小没读过书,看着孩子这么聪明,我再苦再累也要为她创造好条件。"自从姜父一心扑在姜瑛学琴上后,生意上的事就全由妈妈一个人承担,除了纷繁的家务,进货出货、算账结账都被"分工"到了妈妈那里。一清早就要开门,深夜才关店,不管是寒冬还是酷暑,面朝北的这家小店里,妈妈似乎全然感觉不到气候的难熬,从不发半句牢骚。姜瑛妈妈没有一件像样的衣服,几块钱一米的人造棉是她夏季做衣服的"统一面料",而为了姜瑛弹琴不分心,她却花了几千元装上了空调。

姜瑛考上了南艺附中后,爸爸妈妈作出了一个惊人的决定:为了实现女儿的理想,举家北迁!举家迁往南京,这是他们深思熟虑后的决定。他们打听到,虽然学校每天有半天的练琴时间,却是四个同学合用一个琴房,这对于每天已习惯了长时间练琴的姜瑛显然是不够的。他们总觉得姜瑛还小,她还需要爸爸的悉心教导和妈妈无微不至的照顾。于是,爸爸妈妈准备在南艺附中附近租一间房子,做做小生意,他们的要求不高,只要能交上姜瑛的学费,够一家人生活就足够了。

这几天,姜瑛家正忙着小心翼翼地将那架新买的珠江牌钢琴搬往南京的新家……

难忘的"记者招待会"

当了十几年的学生,终于有了一次当实习教师的机会。我所执教的是一所重点中学的初一年级,在我看来,十几岁的初一学生,还只是一群天真活泼、幼稚可爱的孩子,脑袋中除了冰淇淋、肯德基、卡通片以及厚厚的课本知识外,还能关心些什么呢?然而,实习期间发生的一件事,则完全改变了我的这种看法。

班上有位美籍华人小姑娘 D,她的父母为了让她接受纯中国式的传统教育,不远万里把孩子送回了家乡。可是,几天课上下来,小 D 总是愁眉苦脸的,原来,班上的同学都对这位来自大洋彼岸的女孩充满好奇心,一下课,就常常有一群学生团团围住她问这问那,弄得小 D 不知所措。于是,我想了一个办法,提议在班上召开一次模拟"记者招待会",让同学们畅快淋漓地把所关心的问题提出来,但以后就尽量不要再打扰小 D 了。

"记者招待会"开始了,刹时,教室里静了下来,几十位同学俨然都变成了一个个小记者,下课时的幼稚劲荡然无存,正儿八经地开始提问……

"请问：中国是发展中国家,美国是发达国家,你在这两个国家都生活了这么多年,你有什么感受?"

"在你看来,中国和美国哪个国家更有潜力?"

"请问,美国议员中有黄种人吗? 有中国人吗?"

"请问,美国人讲人权吗? 在美国的中国人有选举权吗?"

"您对克林顿总统的评价如何?"

"您更喜欢 NBA 的哪支职业篮球队?"

"您更喜欢哪个国家的教育方式? 您更喜欢中国的老师还是美国的老师?"

"您更喜欢阿迪达斯、彪马、还是……"

……

这一群孩子所提出的问题内容竟然已经涉及到了政治、经济、文化、体育、教育、生活等各个方面,而这时的小 D 一声不吭,一脸的迷茫,也许她从没有思考过这类问题,也许她不知道该如何回答这些问题,也许她压根儿没听懂这些问题,但我却被学生们的提问深深地打动了,我突然发现,这群天真烂漫的孩子竟在以独特的方式思考问题,他们已经长大了,成熟了,他们身上所反映出来的不仅仅是幼稚的童心童趣,更是一种强烈的、深层的求知欲,而这求知欲的范畴已不只局限于书本上,它已引伸到社会!

经济在发展,教育在进步,孩子们也在迅速成长,对中国的新生代的潜力绝不能低估,我坚信,我们的下一代是充满希望的一代!

　　从此,我不再轻视这一群初一的孩子了,我努力调整角色:我是他们的老师,但更多地把他们看作自己的朋友。在以后的教学中我便同他们谈人生、谈文学、谈社会、谈生活,从他们闪闪发光的眼睛中,我分明看到,他们正在成长……

2

游游
走走

灵韵凤凰

人在凤凰
最向往的地方
沱江边的风景
清雅似画
绿纱裙　朱砂唇
琉璃杯　红汤吻
清江水　粉莲灯
莫醉　莫醉
家在那方
带一片凤凰的羽毛
插在思念的翅膀……

　　湘西凤凰是一个足以让人迷醉的地方,在凤凰城的时候,我一直提醒自己,莫醉莫醉,莫让这里的美景迷惑了双眼,莫让这里的情调驿动了灵魂。所谓流连忘返,所谓乐不思蜀,在凤凰的两天是体会得淋漓尽致了,难怪有人说,凤凰是个不敢再去第二趟的地方,因为到了那里,你就再不想离开。和同伴开玩笑说,我喜欢凤凰的"调调",什么"调调"呢?一下子也说不清楚,是一种氛围、一种气息、一种情调,纯净、清雅、古朴、忧郁,但又鲜活、生动、时尚、绚丽,像一面多棱镜,看似透明,却折射出五光十色的风景,炫人心灵。

去凤凰,走的是一条蜿蜒绵长的公路,从傍晚开到天黑,憧憬逐渐被一路的劳碌颠簸所淡化,正在混混沌沌的时候,窗外的夜色突然打动了我,连绵的群山已从翠绿色变成了由远到近深深浅浅的灰黑色,天是灰白的,农家的夜灯稀疏地亮了几盏,月亮弯弯细细淡淡地挂在半空,一幅至美的水墨画!人顿时来了精神,对凤凰的向往和遐想随着汽车奔跑起来……弯月一直在前方,汽车朝着它的方向高速行驶,没有一点罢休的意思,我眯上眼睛想,莫非那美丽的凤凰就在这前面的月亮湾里?

到凤凰已经是夜里,听说凤凰的夜比白天更美,感受是要渐入佳境的,在没有领会到凤凰白天的全貌时,唐突地去沱江边实在是一种奢侈。我选择了在青石板的巷子里闲逛。这里的热闹是我没有想到的,铺子一家连着一家,别具风情的传统服饰,花式繁多的苗银首饰,手工制作的牛角梳子,琳琅满目的野营用品,满街飘香的各式姜糖,还有卖工艺品的、卖腊肉的、卖许愿灯的、卖水果的……有的就托个竹箧,上面打盏小灯,放些耳环、戒指、簪子之类的小玩意儿;有的就席地而坐,地上杂乱地摆放着苗家姑娘手工制作的腰带、鞋垫之类；有的店面狭长，像把店开在了弄堂里，五花八门、无奇不有。但这里的店家不会高声吆喝，不会有恼人的劝买，不会拉扯招呼，随你慢慢看，任你慢慢挑，店家一脸的平和，不管你操的是什么口音，他们绝不会漫天要价，很难在他们眼里找到生意人的精明。走过一个小店，确切地说应该是个小摊子，柜台上支着一株满是枝桠的小枯树，当陈列架用，树上丁零当啷挂着一种凤凰特有的豆子——龙豆，龙豆比银圆还要大好多，从巨大的豆角中剥出，因为以龙命名，所以有祈福的意思。龙豆上面可以刻一些字画，刻字的是个三十出头的凤凰当地人，字写得很漂亮，在我挑的龙豆上，他刻上了一幅沱江吊脚楼图景，旁边题词"站在凤凰吊脚楼，数天上的星星，看沱江河里的莲灯，想你了……"，身旁的同伴开玩笑对老板娘说："哟，你老公是个才子啊，字写得好不说，还那么浪漫，得看好啊，当心被人抢了去。"那淳朴的苗家女子还当了真，脸涨得通红，憋了半天回了句"好男人是不用看的，坏男人是看不住的"，大家一起笑了起来，没想到这湘西女子讲话还有点哲理。来凤凰的第一个夜晚，捧着零零碎碎一大堆的收获，满足得很。

　　真正看清凤凰，是在第二天的清晨。我是从江南来的，按理对小桥流水人家不该有什么太大的感觉。然而，凤凰的美一次又一次地冲击着我，让我震撼。这里的一切就像她的名字，美好、神奇又带着仙气。传说中的凤凰鸟有着浓密的七彩羽毛，眼前的凤凰城也一样，满眼的密密层层，满目的色彩斑斓。吊脚楼错落有致地在江边排开，有木结构的，砖结构的,竹结构的,颜色不同但风格一致;水中的古塔、跨河的古桥、四面的古城门相得益彰地各自坐落着,有高有低,有远有近;山上深深浅浅的绿树也是层层叠叠,偶尔坐落着几座苗家寨子,顿添生机;古街上厚重的石板密密地排列,像一个个音符在小巷浅吟低唱,一路轻踩,似乎留下丝竹声一串;老宅上密密的灰瓦,从容澹然地躺了那么多年,因为年久所以斑驳,因为斑驳所以有一种沧桑美;还有清澈、开阔的沱江水中密密的涟漪,在青青的水草的映衬下,显得那么轻柔,那么纯净……

凤凰城是立体的,有色、有形,更有声、有光。静立在沱江边,耳边便开始丰富起来,石埠头上洗衣服的苗家阿妹,哆哆哆打棒槌的声音,孩子们浑身乌黑光溜一猛子扎进水里嬉笑打闹的声音,岸边土家男人用地道凤凰话吆喝的声音,沱江水哗哗流淌的声音,江中花船上有节奏的鼓点声,小阿妹带着婉转"哟喂"尾音的动情山歌声,江中小舟吱扭扭的划桨声……当夜晚来临的时候,凤凰顿时光彩了起来。河边的红灯笼一盏盏亮起来了,找一个临窗的吊脚楼,看慢慢暗下的水面一层层把岸上的风景荡漾开去,看天色的渲染,从远而近的山峦渐渐与天空融合,天上星星和农家油灯相互辉映,满眼闪烁。点上几碟正宗湘菜,尝尝香喷喷的糍粑,喝着甜津津的米酒,举杯邀月,把酒欢歌,临风思念……夜色真正暗下来了,沱江里的许愿灯多了起来,渐渐把整个江水点亮了,天上水里都是星星点点。我从一个十岁左右的小姑娘手里买了一盏粉红色的、盛开了大大小小十几朵花瓣的莲花灯,踩着一步一墩的踏岩,走到沱江中心,顺着湍急的河流,轻盈地放下了亮晶晶的莲花灯,双手合十,许个心愿,让莲花灯带着我的祈祷顺着水流的方向漂向远方⋯⋯

如果说云南丽江洋溢着暧昧的气氛,那么湘西凤凰就有一种更为清雅的气质。夜晚的凤凰也是一个不夜城,酒吧、咖啡吧、茶吧遍布沱江两岸。酒吧不大,但都很有特色,因为有音乐,爵士、摇滚,小乐队、流浪歌手,让这里的夜晚更生动。当咖啡香飘入心脾的时候,被一个不起眼的小咖啡屋深深地诱惑住了,很享受地坐在临河窗前的沙发里,看老板磨咖啡豆,煮咖啡,再一滴一滴地滤出那阵醇香,一看就很专业,动作熟练优雅。那香浓的焦糖玛奇朵送上的时候,很有迫不及待的感觉,但如此完美的旋形花纹,真不忍心用舌尖舔坏,搅拌,小嘬一口,没有想到这样的小地方有如此正宗的咖啡。伴随着耳边轻盈的蓝调音乐,想象着自己在城市里开车的生活,似乎很遥远,很不可思议。我们在窗前看风景,走过路过的行人把品咖啡的我们当风景。

有同行的朋友说"凤凰的商业气氛已经浓了,再原始一些就更有味道了"。而我就是喜欢这样的凤凰,亦古亦今,亦旧亦新,亦俗亦雅,亦幻亦真⋯⋯尽管那些卖唱的、卖花的、卖荷灯的,那些酒吧、客栈、饭庄让凤凰的上空多了些许喧嚣,但他们也让古城的色彩更斑斓,回荡在上空的声音更丰富,生活的情调更浓郁,他们,让凤凰更加鲜活!

　　凤凰——在湘西的一个角落里,千百年来悠悠地灵动着,淡泊地呼吸着,真不知道,天上怎么会抖落出这样一只美丽的凤凰……

恋上丽江

从丽江回来了,心却还在那里。丽江——一个让人心神飘忽的地方,一个使人内心酥软的地方,一个令人魂牵梦萦的地方。我想,我一定是恋上了丽江。

细细品味,丽江其实是个充满矛盾的地方,古老与现代、宁静与喧嚣、质朴与暧昧、豪迈与柔情……然而,一切的冲突,在丽江这个神奇的地方竟然自然地融合到了一起,矛盾也能相互辉映,相互渗透,甚至和谐地产生了别具一格的美。

传统的古老与时尚的现代

青石板的古街、爬满青苔的古桥、灰黑的古瓦、斑驳的古墙、神秘的古乐、深宅庭院里的古董……放眼望去,丽江满是古老,她的古老已爬上了额头,爬满了整个身体,几千万年来朝朝暮暮从玉龙雪山流淌下来的雪水告诉我,丽江确实古老——顺着水流的方向,满目皱纹的纳西老人坐在藤椅上眯着眼睛晒太阳;大石桥上留下的一团马粪,让人联想到茶马古道上的风景;酷似图画的东巴文字把古老的文化一代代流传下来……然而,就像丽江古镇里鳞次栉比的酒吧一样,丽江又是兼容时尚和现代的,这里有威士忌和雪茄,也有茅台和玉溪;这里有红酒和咖啡,也有酥油茶和草药水,这里有牛排和比萨,也有烤羊腿和香粑粑,这里有穿着民族服装的摩梭族姑娘,也有惊艳四座的时尚女子。尽管咖啡里有一丝酥油的味道,但还是那么醇香浓郁;尽管西式牛排里有些许孜然的怪味,但还是那么香嫩鲜美;尽管那个躲在角落抽烟的女子穿着另类的现代服饰,但她的手腕上戴的是古旧的雕花银镯子……

悠闲的宁静与热情的喧嚣

丽江是宁静的,宁静不仅在于听觉,更在于一种心境。丽江的清晨静得只有几种声音,河水流淌的声音、小鸟鸣叫的声音和店门打开时拨动木门板的劈啪声。这样的声音更让人感觉到古镇的静,静得那么安详,静得那么悠闲。人的心也被雪水冲刷净了,静了,脱开了凡尘的世俗利欲,忘记了城市的繁华奢靡,躲进这个满目纯净的"世外桃源",心宁,气静,在一份近似空白的心境中等待着温情与感动的体会。当花窗边各色的灯笼一盏盏亮起来的时候,丽江突然变得活泼而热情起来。四方街的中央,锅中架起了柴堆,浇上两瓶汽油,"呼啦"一声蹿起好高的火苗,上空回荡起《啊哩哩》的音乐,一种节日的喜悦立即弥漫开来,人群里三层外三层地围着火堆唱着跳着。舞步尽管参差不齐,场面尽管混乱无序,但这种扎堆似的笨拙舞蹈,让人忍不住一头扎进去释放热情。这时,古镇的夜生活才刚刚开始,夜的酒吧里,才是丽江真正的喧嚣。这里弥漫着甜蜜的气息,有浅吟低笑,有眼波流转,也有放声歌唱,在夜色的掩护下,所有喧嚣的声音,都可以让人心灵超脱,情感释放。越夜越迷离,越夜越有醉意……

纯净的质朴与脱俗的暧昧

纯净的流水、原始的风貌、朴素的民风,丽江人是质朴的,这种质朴甚至让外人拿来当故事谈笑。当地的纳西人对数字是没有概念的。兑一张百元大钞得分上若干次,先换两张五十,再用其中五十换五张十元,再把十元给他,给换零钱,那个忙乎劲儿,倒是别处少见;在山沟沟里的小饭店点几个家常菜,游客等得前胸贴后背,菜还没有上桌,跑到厨房一瞧,一桌的菜早已热腾腾地冒着香气,纳西老板正拿着点菜单一个个地认真校对,看有没有漏掉哪个菜,确认无误后一并端出;草原上牵着云南马做生意的土著,问他:骑这马多少钱?答:六十元一小时。问:两人每人三十分钟?他一脸漠然,然后坚决地摇摇头,弄得我们只能尴尬地大笑。然而古镇酒吧里的"老大"多半已经不再是当地人了,从他们身上看到的除了精明外,更多的还是一种势不可挡的独特魅力。偶尔可以见到酒吧的角落里坐着的美女老板,黝黑发亮的脸庞可以不施粉黛,牛仔衣的领子可以不翻服帖,内衣的领圈可以低得让人望眼欲穿,粗粗的麻花辫可以松松垮垮地耷拉着,说她土,她有一种说不出的野性;说她洋,在她身上能明显感受到迎面扑来的乡土气息。只要有足够的勇气,或问个路,或借个火,或请她与你合影,以后的故事就自然而然了⋯⋯丽江的夜晚,被说不清道不明的暧昧笼罩,可以坐在星光下,欣赏来往的人,或让来往的人欣赏你,找个同病相怜的人,把酒当歌,直到醉意爬上心头⋯⋯可以背着相机在古街徘徊,在美景处出没,只要有耐心,就会有绝好的对象出现,邀你明日结伴同行⋯⋯可以到客栈的留言板上发帖子,邀约出行,等待一个陌生的声音拨响你的手机⋯⋯总之,不要结果,没有条件,忽然之间,就这样相遇了。

豪迈如山与柔情似水

丽江是个有山有水的地方,山是豪迈的山,水是温柔的水。当跌跌撞撞、一喘一喘爬上玉龙雪山 4680 米的时候,呼吸着稀薄的空气,面对着爬满冰川的群山,大喊一声,我来了!才发现和天的距离是那么的近,云在脚下,天在身边,豪情壮志涌上心头⋯⋯当坐着吉普车奔驰在盘旋的山间,放眼望去是一望无垠的向日葵,橙黄色的花盘齐刷刷地朝着太阳的方向,似乎在仰望,似乎在高喊,似乎在等待⋯⋯当置身于群山环抱的大草原,牛羊成群,远处是缓缓流淌的江水,似乎世界只剩下天、地、人,有我无我已无所谓,在乎的是一种气壮山河的气势⋯⋯而折返古镇,又发现心被悄悄融化了,这里少了江南的浮华与精致,多了些许的质朴与美丽。似古镇柔情的流水从街边缓缓淌过,把人的心洗刷得柔柔的,细细的,在街边点上一瓶名为"风花雪月"的啤酒,不管耳边响起的是随意自在的爵士,热情奔放的拉丁舞曲,印度的宗教音乐,还是当地的东巴鼓乐,所有人的心情都会不约而同地"风花雪月"起来,这里能让人的心柔软一点,再柔软一点……

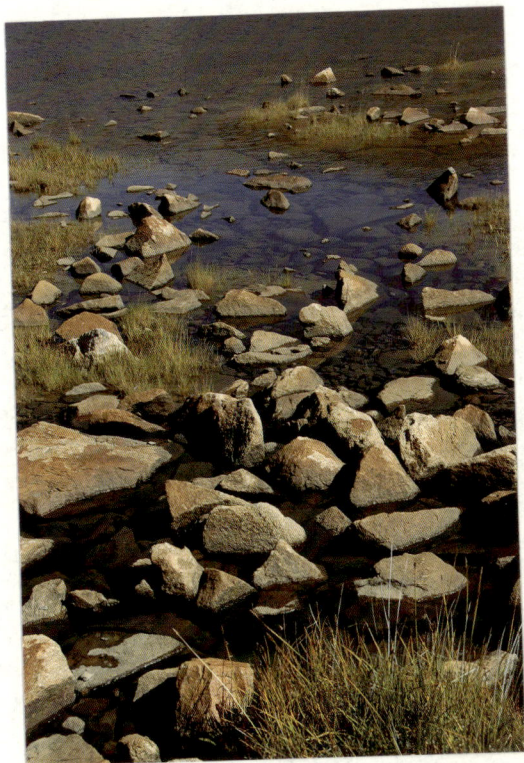

雪域高原的虹

关于西藏,除了一点浅薄的印象外实在没有太多的了解,印象来源于朱哲琴清远的歌谣,来源于韩红的《天路》《青藏高原》,来源于舞蹈中绚丽的色彩和弯背甩袖的优美洒脱,来源于大学时代所读的马丽华笔下的《走过西藏》,来源于友人带回的惊艳照片以及"眼睛在天堂,身体在地狱"的生动说法……

仅凭着这一丝一缕的印象,我踏上了去西藏的行程,带着憧憬与向往,带着忐忑与惶恐,尽管被再三告诫不要激动,但仍然带着摆脱不了的心潮澎湃。

关于西藏的美丽和神奇,实在被描摹得太多太极致了,我不知道如何用一篇小作就把自己的感受表达贴切,我只想说,此行再苦也值得,此生看一眼西藏才无憾。在离天那么近的地方,在视角可以最大化的地方,在空气中弥漫着藏香和酥油的地方,在耳边到处摇曳着低沉的"唵嘛呢呗咪吽"和转经轮嗡嗡声的地方,心灵可以那么安静和纯洁,生活可以那么淡然和缓慢。当牦牛在路中央笃定前行,根本不管汽车的喇叭声喧闹的时候,我想,这才是自然的天堂,是回归的圣洁,人没有能力主宰它,更没有权利破坏它。

西藏此行,带给我太多城市里所无法寻觅的感动。雅鲁藏布江清冽的流水,流水下色彩绚丽的石头,伸手似乎可以抓得到的云彩,蓝得像丝绸一样的天空,满脸褶皱的藏族老人,爬到树上唱着高亢山歌的美丽姑娘,山路上举家用身体丈量着土地、朝大昭寺顶礼膜拜的藏民,八角街玛吉阿米酒吧里昏暗的光线下追溯六世达赖仓央嘉措传奇故事的人们……一个又一个的镜头,恐怕此生想起就会觉得美好而宁静,想要遗忘都不可能。

然而最震撼我的还是雪域高原的那抹彩虹。在米拉山口下,一次又一次地见到了传说中的吉祥七彩虹,那是一种神奇的体验,一种震撼的美,它映入了我的双眼,也刻入了我的心间。

不知道是老天的捉弄还是故意安排,在五千多米的米拉山口下,路堵了,两辆硕大的汽车相撞,把本不宽阔的国道堵了个结结实实。一个多小时过去了,当我在极度缺氧状态,快"奄奄一息"的时候,被赶来营救的交警劝下了车,告知要徒步走向道口,汽车从旁边称不上路的戈壁滩上绕回公路。正当我和旅伴互相搀扶蹒跚着走向道口,一回头,竟然看到自己的旅行车搁浅在不知深浅的河水中,马达轰鸣了一次又一次,没有一丝向前的征兆。看着其他车子一辆一辆地离开,我的心一点一点地冷却,脸色一点一点地煞白,人到了这样绝望的极限,恐惧油然而生。就在这时,一群身穿五彩藏袍的藏族小伙子冲进了戈壁,毫无顾忌地踩进了冰冷的雪水中。那是五千多米的雪山上流下的水啊,我曾经触摸过那种刺骨的冷,着了水的手赶紧收回,使劲地呵气,好久才缓过来。就在这样刺骨的雪水中,他们喊着号子一起推动车子,一次、两次、三次,当车子开出水塘的时候,远处大声欢呼了起来,绚丽的藏袍飞扬了起来,像一道七彩的虹跳跃在错落的山水间。当我坐上了温暖的汽车,远远地望着他们,那群可爱的小伙子双脚还站在连触摸都难以忍受的雪水里,欢笑着向我们挥手告别……那是一条用情感垒起的心灵彩虹,不但美好,而且触动人心。

因为路上的小插曲,耽误了两个半小时,却意外地让我们领略到了非同寻常的美景。雨后,一道真正的绚丽彩虹横跨在一望无垠的草原,那是一道完完整整的,从地平线到地平线的七彩锦带,锦带下面牛羊悠闲地吃着青草,藏民不紧不慢地堆着草垛,大气而淡然的美景……我们大呼小叫地跑向彩虹,令人惊奇的是,霎时,彩虹的上方又横空挂了另一条彩虹。当两条斑斓的彩虹映入我们眼帘的时候,每个人的心都飞了起来,顾不了喘不过气来,顾不了头隐隐地胀痛,一个猛子扎进了草甸子,那么欢腾,那么兴奋……经历了这样的吉祥彩虹,我们在车上一路欢声笑语。

突然,同行的姑娘大喊一声——我的包丢了!丢在彩虹下面了!她说,包里有身份证、手机和大笔的现金……我们立即打她手机,手机响过几声便给挂断,再打,仍然挂断。车上的同行者都着急了,一定是被藏民捡去了!"要是没有钱,也许会还,可是里面有钱,藏民是一定不会还的。"驾驶员很有经验地说,"而且把手机都挂断了,一定是捡了跑了","别回去找了,恐怕去也是白跑"……大家七嘴八舌地猜测。"还是回去找找吧,关键是身份证,没有身份证上不了飞机,太麻烦了,哪怕把钱都给他们,也得试试看嘛。"就这样,车子折返回去。

带着焦急的心情,朝着彩虹的方向飞奔。天空依旧灿烂,彩虹依旧绚丽,只是彩虹下面又多了一道风景——三个穿着锦缎般藏袍的少年在草原上挥舞着双手,一只包被高高举起,在空中摇曳……那么纯净的地方,那么神奇的彩虹,那么善良的人儿……车上沸腾了!小姑娘朝三个少年飞奔过去,整车的同行者集体下车,朝着三个少年的方向,远远地向他们致敬,齐声大喊"扎西德勒"!后来才知道,他们根本不知道手机怎么用,听见那东西响,就一通乱折腾,而且又不太会说汉语,就只能站在草原上等着我们回去,整整等了一个小时。我们同行的姑娘把包里所有的钱都掏给了他们表示感谢,他们说啥也不要,一个劲地摆手,直到同行者抽出其中的几张硬是塞到他们手中,他们才腼腆地收下了,竟然还羞红了脸……也许佛从来就告诉他们,这是善良的人应该做的事情。车子缓缓远去,美丽的藏族少年还在彩虹的下面向我们挥手道别。广阔的蓝天,圣洁的白云,斑斓的彩虹,无垠的草原,纯真的藏民……那是一道我终身不会忘怀的风景,它美得晶莹剔透,那是一种眼睛与心灵同时得到涤荡的美,一种人与自然浑然一体、相得益彰的美!

也许西藏会带给每个人不同的感受,博大、纯净、美好、神奇、震撼……要问我心中的西藏,那是一抹七彩虹,那里有眼里装不下的绚丽色泽,那里有内心装不下的大气磅礴,那里有人间最美的纯真的灵魂。

喜欢厦门

如果想休闲旅游,厦门一定是个好地方。这个四面临海的城市,像一个巨大的"海滨花园",那种骨子里透出的恬淡宁静,是厦门独特的味道。喜欢厦门,有 N 种理由。

整洁

"整洁"是厦门给我最直接的印象。道路、商场、景点、小巷……此行的所到之处,几乎看不到垃圾纸屑,到处干干净净、清清爽爽。城市建设也不错,高楼林立、错落有致,因为城市里原本就有些自然形成的小山坡,使这个城市具有一种天然的层次感。典型的海洋性气候,使厦门气候宜人,只要找一处树荫底下,就有淡淡的海风轻轻吹过,炎热瞬间退去。城市绿化也很出色,大片的绿地、热带植物装点着城市的每一个角落,不管是坐在汽车里,走在马路上,还是倚在沿街店家的窗台边都能感受到这个城市的赏心悦目。

规范

对于一个旅游城市来说,规范管理很不容易。厦门这个城市,总能让我感受到她的规范和秩序。去温泉,公共汽车频率很高,车程四十分钟,穿着制服的小姐简单介绍一下就开车,中途不停车,没有一点节外生枝;温泉价格不高但服务很周全,牛奶泉、花瓣泉、中药泉应有尽有,烧烤、饮料、免费茶水随处可见,没有人吆喝,没有人拉客,一切都非常亲切。海鲜大排档整洁而热闹,没有漫天要价、短斤缺两,老板的笑脸特别真诚。鼓浪屿的海鲜饭店虽然比市里贵一些,但当地设计了一种五联发票,每点一份海鲜都先称好分量、写好价钱,让顾客放心,万一需要投诉也有真凭实据。

清雅

一个四面环海的城市,她的美丽是天生注定的。蓝天大海、沙滩椰风、浪打礁石、岛屿秀美,这些都是上天赋予厦门的恩赐。然而,我没有想到,这个城市的淡水湖竟也是如此的清雅。走过的筼筜湖,如漓江般清澈,一岸是散落着的各色酒吧,夜色阑珊处,美酒佳音;一岸是现代建筑被霓虹包裹着,灯火辉煌,绚丽多姿。也没有想到,鼓浪屿的每一座带着异国风情的建筑,能把人带进上个世纪的风花雪月,那盘旋在小岛上空此起彼伏的钢琴声,能让人如此心旷神怡……

文化

装点一个城市不难,只要有丰厚的物质基础,但要丰富一个城市却不容易,需要文化的积淀。一直觉得厦门是个有文化氛围的城市。这里有全国著名的高等学府厦门大学,这里有"钢琴之岛"之称的鼓浪屿,易中天从这里走出来红遍大江南北,音乐家从这里走出来遍布世界各地……文化让这个城市精神起来,每每徜徉在吹着海风的街巷里,都有一种"形散而神不散"的感觉。几天的时间虽不能深刻体会到这个城市的文化灵魂,但已经触摸到了她跳动的文化脉搏。

休闲

温泉、美食、酒吧、功夫茶……只要你想得到的休闲,在这座城市都能享受到。这里的休闲是不紧不慢、气定神闲的。海鲜大餐价廉物美,欲罢不能;各色温泉饕餮肌肤,流连忘返;缤纷酒吧动静结合,释放心情;功夫茶馆清新雅致,洗涤心灵……大海边,搬个躺椅坐着晒太阳是一种休闲;青草地上,铺一张餐布享受美食是一种休闲;咖啡店里,捧一本杂志品一杯香浓的咖啡是一种休闲;小岛上的小剧院里,聆听一场钢琴音乐会是一种休闲……在这个城市里休闲唾手可得,不奢侈,不张扬,淡淡雅雅,轻轻松松。

亲和

亲和力,是一个城市的吸引力中很重要的一个因素。我们此行之所以安排得如此紧凑、合理、轻松、快乐,厦门人功不可没。出租车司机会热情地告诉你,哪里的海鲜物有所值,会给你设计好一天的线路,以免走回头路多费打的钱;酒吧的服务生会一改"酷酷"的形象,带着孩子们疯玩,老板甚至允许孩子上舞台唱儿歌;调酒师把潜心学习的技艺当成哄孩子的游戏,给孩子们上演了一出又一出的好戏;咖啡店的女老板会专门派员工去楼下买香蕉给孩子们做香蕉牛奶……

　　喜欢厦门,淡淡的,悠悠的,似乎都不需要理由。

西山明月湾

明月湾像一个世外桃源,前面就是浩淼的太湖水,这里是个神奇而又美丽的小村落!

相传当年吴王与西施渡船郊游,来到这个小岛上的村庄,见此村落地形细细、弯弯、长长,好似天上一弯明月,就把这里称为"明月湾"了。

走进明月湾,古韵古风扑面而来。桥栏杆上的石雕是明朝留下的,老树已有三百多岁,一座宅院的牌匾上刻着"乾隆乙丑"字样,而那条建于乾隆三十五年(1770)的长街,更记载着明月湾历经的风霜。走在石板街上,还常常能听到潺潺的流水声。

明月湾的建筑高低错落有致,黑瓦白墙,阳光斜照在长着青苔、野草的墙头上,半明半暗,更显出层次分明。精致的砖雕门楼、木雕漏窗,鳞片般的一行行小黑瓦,高大斑驳的墙,幽幽的深巷,构思奇巧的庭院,以及屋中所挂的古楹联、古字画,无不叙述着历史的厚重。我甚至能够想象,当时这些宅院的主人一定是衣锦还乡的大户人家。年迈的时候,他们过着充裕而富足的生活,儿女成群,心情闲适,常常端坐于摆放在天井里的藤椅上抽烟、小酌,呼吸新鲜空气和充分享受田园般的静谧;或是一家人围坐在一起,沐浴着独到的天井采光,体味着"背靠青山,面临湖色"的无穷自然情趣。难怪皮日休在《游明月湾》中会发出"对此老且死,不知忧和患"的感慨,看来明月湾还是一个颐养天年的好地方。

村庄里的宅门大都开着,可以随意地出入。我走进了一户人家,房子是清朝乾隆年间建造的,大致轮廓还在,而内部显然已进行过改造,老房子后面还盖了钢筋水泥的新楼房,这新旧结合显得有些别扭。房子的主人是个姓吴的八旬老翁,"文化大革命"的时候,为了留下这座老宅门楼上精美的砖雕,他专门从上海赶回明月湾,在红纸上写上了大大的"毛主席万岁!"五个字,贴在门楼上,这才把乾隆年间的砖雕保留至今。可这房子毕竟太旧了,这几年,孩子们成家立业,确实不适应住这样又暗又湿的房子了,就在后面造起了一幢"三上三下"的楼房。虽然如今许多游人来到这里都会表现出十分惋惜的样子,可又有什么办法呢?

的确,经历了那么多年的岁月风霜,明月湾已变得那么脆弱,她的古老甚至让人有些心酸。

明月湾的保存得益于地处偏僻。但是,随着它知名度的扩大,交通条件的改善以及当地百姓对居住质量要求的提高,如何保存她的原真性、完整性,避免开发性破坏,应该是一个十分迫切的课题。

感悟"小资"

不知从何时起,"小资"这个词开始流行了起来。如今的"小资"已淡化了其原有的贬义色彩,它代表着一种生活态度,一种带着优雅的心情、独特的眼光、闲散的状态来享受生活的态度。年轻人常常喜欢用"小资"这个词来相互调侃,说一个人精致得有点做作,讲究得有点奢侈。然而,毕竟"小资"还暗含着点"时尚"的意味。如果因没有"小资"情调就被排除在主流人群之外,这可是年轻人不愿意的事情。于是,在生活水平日益提高的今天,"小资"就得到了"发扬光大",成就了迅速壮大的"小资"队伍。

当"小资"成为一种向往中的生活态度时,一些迎合它的东西应运而生,书店的柜台上陈列着品种繁多的"小资"系列书——《小资女人》《小资生活》《小资品味》……一些媒体把生活时尚版块演绎成了"小资"版块,各有特色的娱乐场所无不弥漫着"小资"情调……

然而,"小资"生活绝不是那么简单就可以拥有的。有钱没时间的,不能;有时间没钱的,也不能;有文化没情趣的,不能；有情趣没文化的，也不能。因此看来，要达到"小资"标准还真不是件容易的事。

茶吧、酒吧与咖啡吧的兼容

花同样的钱，如果经常去吃火锅那大概叫"市井生活"，如果经常去泡吧，那大约就可以归作为"小资"的范畴了。

苏州的茶文化源远流长，东西洞庭山的碧螺春，常熟虞山的剑门绿茶，在纯净的苏州水的冲泡下，浓香四溢，甘甜润口。一壶清茶，一盘小点心，加上一些苏式炒货，历来是苏州人的钟爱。品茗聊天，促膝长谈，这种袅袅茶香、淡淡心情的感觉着实能令人陶醉，不仅是喝了一辈子浓茶的老苏州喜欢，就连现代的年轻"小资"们也乐于享受这传统的醇香。从一哄而上、日日爆满的自助茶餐馆中隐退出来，学着古代文化人的样子，寻觅清雅的小园林，倾听着池塘潺潺的流水声、窗外的雨打芭蕉声，呼吸着青草的纯净、泥土的芬芳，几把古朴的红木椅、一曲悠悠弹词，举杯品茗，以茶代酒，此中味道可谓淡雅清悠，其乐融融。

"小资"们当然不满足于茶水的清淡，美酒的浓烈对于"小资"族来说也是一种刺激。饭店是专门用来品味美食的，要喝酒，酒吧便是最好的去处。酒吧有其特别的味道。选一个角落，灯光昏暗暧昧，周边的喧闹可以熟视无睹；选一个吧台边的位子，射灯明快而有穿透力，可以尽情宣泄内心的情绪。

酒吧的音乐也是极有个性的,心情好的时候,去听摇滚爵士的节奏;心情抑郁的时候,蓝调抒情的感觉会让人潸然泪下。酒水一杯杯地下肚,人也随着飘忽起来,一切烦恼在这一刻都可以完全抛开,所有欢乐在这一刻都可以尽情挥洒。

如果说茶和酒是两个极端的话,那么咖啡则是舶来的一种优雅的折中。在一家咖啡屋的广告词中看到:"咖啡是友善、温暖的代名词,一杯咖啡冷了,总有另一杯咖啡在炉上沸腾……"捧一杯暖暖的飘着浓浓醇香的咖啡的时候,会发现连动作都变得优雅起来了。随着银色小匙的舞动,鲜奶在咖啡中蔓延,方糖在丝般色彩中溶化……小指悠悠地翘着,脸上的表情都变得随意而轻松,这就是咖啡的魅力。在咖啡吧里,可以三五知己聊天,可以一个人独处,也可以捧着手提电脑轻松地商务交流。聊天时,伴着缓缓的背景音乐,轻轻倾诉心中的欢乐或忧伤;独处时,要上一盘小西点,捧一本时尚杂志,半靠在柔软的沙发上,此种悠闲让人快乐无限;商务工作时,在如此友善、和谐的气氛中,距离一下子被温暖的咖啡拉近,合同文本放在咖啡桌上的时候,一下子便少了生冷的感觉。

茶吧的清幽、酒吧的激情与咖啡吧的柔情蜜意,这里不同的特色吸引着现代"小资"族们,他们各有偏爱却绝不排斥其中之一,在这三个地方,"小资"们像一条条会游泳的鱼,潇洒地穿梭其中,乐此不疲。

"清闲"也能多姿多彩

都说"小资"会享受生活,就连"清闲"也能让他们演绎得多姿多彩。有人喜欢这样一种状态:搬一张藤椅,半躺在阳台上,让阳光不折不扣地照射在身上,捧一本小说,书中的墨香伴着嘴边的茶香缓缓下肚,此中滋味舒畅淋漓。这样的情调不用花大钱,只需一片温暖的阳光、一本好书、一杯香茶、一张椅子便能惬意地度过大半天时间,它实惠而舒适,足以调节平日里繁忙工作带来的浮躁情绪。

要很"小资"地享受"清闲",本身就意味着奢侈地浪费时间,比如发廊和美容院那些"做头"、"做脸"的人们。发廊中,干洗的生意一定是最好的。一个多小时,不仅洗净了满头"青丝",同时也是一次全身放松的机会。闭上眼睛,让柔软的手指时轻时重、时急时缓地按摩,当白色泡沫充盈发丝的时候,还有什么疲劳和烦恼不能随它一起被冲洗掉呢?如今美容院里"做脸"的也不都是爱美的女士了,容光焕发的感觉诱惑着不同性别的"小资"族们。有多余时间的时候,在美容院安安稳稳地躺着,阵阵清香迎面扑来,美容师柔细的声音在耳边娓娓道来,清洗、营养的过程便成了放松全身的过程,不仅是触觉的享受,同时也是嗅觉、听觉的享受。当走出美容院时,皮肤光泽清爽温润,连空气都会觉得更清新了些。

曾在报纸上看到过一篇趣味小文章,上面列举了"小资"的十种标志,而其中有一条就是——爱照镜子,如同"小资"们爱上发廊、美容院美化自己一样。"小资"对自己的装扮也是极其讲究、极有个性的。当然,穿什么衣服是因人而异的,各有各的偏爱,各有各的喜好,但不管是休闲也好,正统也好,灰灰黑黑也好,色彩缤纷也好,有个共同点是铁打不动的,那就是质地细腻、做工优良,品牌服装永远是"小资"的青睐。"小资"的饰物也会显得别具一格,一条花式新颖的围巾立刻就衬托出主人的情趣,一个别致的领夹便能体现主人的品位……"小资"爱美,这似乎也成了一条定律。

苏州人自古就会享受生活,养花种草、喝茶遛鸟、泡澡堂、品美食……而如今的"小资族"们讲究更多的则是一种精致的"形式"。比如吃,好端端的一份牛肉,涮着吃一定是不雅的,而配上奶茶、西点的牛扒就是"格调";同样是米饭,和菜和汤地咽下,那一定是完成任务,而包上紫菜后的日式料理便一下子感觉精细起来;远近闻名的苏式小吃,在喧哗的老店里是没有魅力的,而一摆上饭店包厢中,镶着金边的景德镇透明的瓷碟里,便顿生光辉……"小资"族总是会把简单生活复杂化,枯燥的内容生动化,单一的形式多样化,所以说,他们就是闲着也能把生活点缀得多姿多彩。

以浪漫的心情营造生活

有人形容"小资"女人,到了情人节,就算没收到花,也会兴奋地买几十元一朵的玫瑰给自己,尽管平常几元钱可以买一大把。显然,这带点讽刺意味,然而"小资"就是这样,浪漫是他们不懈的追求。"小资"会开着车在寒冷的冬夜里,上小山头去等待所谓的"流星雨";会在大海边狂奔,在沙滩上用贝壳写上硕大的"love";会在下雨的日子里独自撑着伞漫步;会在月光下,打开十六声和弦手机中早已录好的蒙德尔松婚礼进行曲,把钻戒套上心爱女孩子的无名指……其实,浪漫所营造的是一种情调,让"小资"心生暖意的情调,不是他们刻意做出来的,只是他们需要,便这样做了。

"小资"族们对细节的讲究已经到了近乎挑剔的地步,他们比较钟情于艺术,但只谈村上春树,不屑好莱坞;他们喜欢书籍,但决不买地摊上的盗版书;他们喜欢小饰品,但从不戴金链子,认为那太恶俗;他们喜欢欣赏音乐,却对赶场子的"乐队"不屑一顾……带着这样浪漫而挑剔的眼光,"小资"只有在大自然中才会随意和放松下来,于是休闲旅游便成了他们的钟爱。

三五成群,背上专业的旅行用品,找一个远离喧嚣的小地方,或小岛、或群山、或小镇,无所顾忌地呼吸新鲜的空气,饱尝鲜美的野味。白天穿一身色彩明亮的休闲装,戴着眼镜出发,让郁郁葱葱的绿色洗涤双眸,让五彩缤纷的色彩渲染心情;夜晚,耳朵与鼻子足够了,坐在田埂边,发现寂静原来是有声音的:青草随风的舞动声,田间小虫的鸣叫声,偶尔远处鸟儿的欢唱声,身边小河的淌水声……此起彼伏,把夜衬托得分外幽静。鼻子则可以肆意地深呼吸,远离了城市里的污染,天然氧吧中混合着稻花香、青草香、炊烟和水汽的味道,沁人心脾,让心肺一下子扩张了似的,舒畅淋漓。头发被风扬起来了,田野交响曲在耳边奏起来了,心情在景致中飞起来了,如此的感觉怎么不让人陶醉、心旷神怡!

"小资"会享受,"小资"会生活。"小资"就是这样,有一点张扬,有一点味道,有一点奢侈,有一点自恋,对格调的追求永远是"小资"的特性。毕竟不懂得体恤自己的时代已渐渐远去,生活条件好了,人们便学会了善待自己。当然,"小资"生活应该不是"小资"族们的终极目标,他们的队伍会分化,适应社会努力工作的,也许便成了中产阶级或者资本家;只会享受而不懂努力的,便会发展成为游手好闲的异类,被社会所淘汰。所以,"小资"只是一种生活态度,而真的要拥有这种"态度",没有创造财富的实力,一切都只能是空中楼阁。

南京人的"谦虚"

前些日子看中央电视台《实话实说》节目,一位秦皇岛的嘉宾说了这样一句话:"谁要是说咱秦皇岛不好,我就和他没完!"在她心目中,家乡的尊严是不可动摇的。的确,对家乡的偏爱是一种人之常情。上海市人说话,一口一个"阿拉上海哪能哪能",其自豪感、优越感溢于言表。苏州人动辄就会跟人说:"走来走去还是苏州好。"好像苏州是天底下最好的地方。温州人闯荡天南海北,四海为家,可讲起自己的家乡也是眉飞色舞、充满喜悦。惟有南京人似乎有点例外,他们有个最不可思议的习惯——总喜欢在别人面前"谦虚"地自称是"大萝卜"。

"大萝卜"是什么意思?是直来直去,是"味美价廉",是粗而不精,还是"辣中带甜"?是自嘲,是埋怨,是谦虚,还是"恨铁不成钢"?其中的寓意只有南京人明白。南京人说:"在这座城市生活,你可以选择一个空间极大的生活状态,上下左右随便调节放松,自由自在地做一只'大萝卜'。"南京人还说:"南京虽为省会,但平易近人,毫无架子,平凡得如同小城;南京的建筑胖胖矮矮,布局虽无章法,但实在纯朴,这就是'大萝卜'的个性。"又有南京人说:"没有哪个城市的人能称自己'大萝卜'而沾沾自喜,这是一种度量。""大萝卜"是褒是贬,仁者见仁,智者见智。

不过,在外地人的眼中,南京人的确是不怕显丑、不怕揭短的。近日,偶然打开一本南京刊物《读者小点》,见到了南京人写的这样一些文章:《南京,恨你没商量》《我恨南京的百无宁日》《让我挑剔的南京的鸡毛蒜皮》……在文章中,有人不满南京的气候,"南京的春天不地道,不实在,有点名不符实","最让我厌恶的是它的张扬和伪饰,南京的春天,杨花飘絮,岸柳依依,芳草萋萋,繁花似锦,一派伪饰的成熟,这种成熟,忸怩做态,十分做作,因而显得有些俗气、有些平庸"。有人不满南京市的城市建设,"南京人恐怕太有钱了,这地填了又挖,挖了再填,辗转反复,毫不嫌累,若用一元硬币来计算,也许可以铺满整个南京的大街小巷了","南京啊南京,你何时才能还市民一个安宁的环境,这种劳民伤财地无宁日,我们已经厌倦了"。有人不喜欢南京的氛围,"南京人的商品经济意识很淡,有钱无钱小日子倒过得悠闲自在。南京,你何时才能赶上上海?"……这些挺"触目惊心"的标题和文字,南京人敢于刊发在面向全国的刊物上,真是谦虚得可以。

俗话说:"爱之越深,恨之越甚。"谁不爱自己的家乡?其实,在南京人眼里,南京是优雅的、朴实的、温和的、深沉的、舒适的,只是优雅得有些清淡、朴实得有些木讷、温和得有些缓慢、深沉得有些沧桑、舒适得有些悠闲。正是因为南京人爱自己的城市,才会频频数落着她的不是,说她建筑矮矮胖胖,毫无章法可言;说她街头时有乞丐,让人腻味;说她变化比较迟缓,抱着历史不放;说她不够新潮,甚至有些土气;说她的天气糟糕,夏天热得要命,冬天冷得发抖;说她的方言不好听,南不南北不北……南京人有什么说什么,决不藏着掖着,"爱你才说你,不然懒得理你!"

可在外地人眼里,南京哪有这般不堪!南京很美、很厚重、很有味道。她有着灿烂悠久的历史文化,有着令人神怡的葱茏佳木,有着中山陵这样伟大的建筑物和风景区,有着繁华新潮的新街口、夫子庙,有着数不清的高等学府,有着美味的芦蒿、桂花鸭,有着热情朴实的南京人!外地人羡慕南京,见南京人如此自责,大有一种不可思议之感:这也是对家乡的爱?这就是"大萝卜"?

很想告诉南京人,"恨铁不成钢"是否可以换一种方式?少一些牢骚,多一份鼓励,少几句指责,多一点参与。南京是个好地方!

闲走平江路

窗外下起了小雨,淅淅沥沥的小雨,江南的梅雨季节应该是伴随着这场雨悄悄到来了吧。连续了多日的阳光,让这雨少了一分幽怨,多了一分清凉,六月天里初夏的雨,原来也可以是招人喜欢的。我不知道这雨还要下多久,凡事都一样,要是每天重复一样的事情,哪怕有一些小小的变化都会觉得新奇,就算是平时不喜欢的状况,也不会那么抵触,就像这天气,明明知道梅雨天的潮湿和闷热会给人带来很多不便和不快,但因为近一个月的长时间阳光明媚,让阴雨绵绵也多了一分期待……

在这样的梅雨季节,这样闲散的日子,傍晚去平江路散散步,应该是再好不过的选择了。于是,我、先生、宝宝,我们三人,晚餐后在那条铺着青石板的小路上悠闲地走着。平江河不紧不慢地流淌着,窄窄的一条河却能荡漾出人内心的柔情。宝宝嘴里嚼着奶糖,一边拉着我的手,一边拉着先生的手,嘴里念着幼儿园里教的儿歌:"我有一个幸福的家,有爸爸,有妈妈,还有我这个好娃娃,亲亲热热一家人,我们大家都爱她……"我笑了,先生也笑了,这样的幸福宛若一阵清风吹过,平淡,却沁人心脾……平江路是有情调的,尽管店面没有全部张罗好,尽管很多枕河人家已渐渐搬走,但走在这条路上,你一定能听到某个窗户里传出的声声评弹,或者某个弄堂里飘出的苏州红烧肉的扑鼻香气。我们顺着下塘漫无目的地走着,侧目望去,我忽然被一幅美景吸引住了……河对岸古老的木窗台上,亮着一盏灯,灯下倚着一个穿着暗粉色旗袍的女孩正低头细致地做着什么手工,她盘了一个松松的发髻,一根简单的簪子恰到好处地点缀着……窗下河水潺潺,临水的墙面青苔斑驳,古老的花窗重影迷离,窗内的人儿宁静婀娜,这是多美的一幅图景啊!从下塘绕过一座小桥,可以找到这幅美景的"谜底"——这是一个叫作"桃叶铺子"的小店,那个穿旗袍的姑娘就是这个铺子的主人,她这里卖的都是自己手工做的饰品,手镯、项链、发夹、戒指,很别致也很有创意,旁边还坐着几个"粉丝"陪着她,因为怕她一个人寂寞,"粉丝"们一有空就来店里坐坐,泡杯清茶,权当这里是个"会所"了。宝宝在小店里兴奋得睁大了眼睛东摸西看,我则感慨地对先生说,这样的日子很"神仙"啊,女人就应该过这样的生活,与世无争,不求功利,过自己想过的日子……他呢,温柔而有力地拍了拍我的肩膀,说:"你是'大女人',不一样的。"他给女儿挑了一个小羊宝宝的手机链子,给我挑了个紫水晶串成的项链坠子……两个"女生"都很满足地微笑着。

回家的路上,平江路已经黑得很了,感觉着这条古街坊的厚重和情调,突然想起马致远的《天净沙·秋思》,一路教宝宝吟唱,回到家,她竟然也就学会了,带着感情像模像样地朗诵给爷爷奶奶听:"枯藤老树昏鸦,小桥流水人家……"

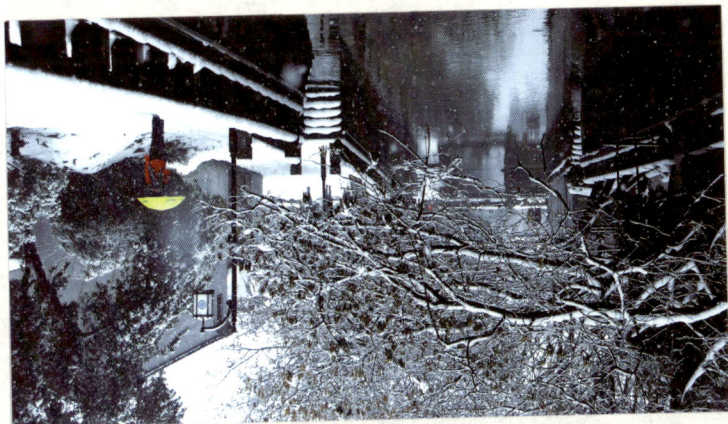

散步

这年头,为了身体健康,"管住嘴、迈开腿"是大家经常互相提醒的一句话,对于我来说,每天能抽一段时间散个步,是一种很好的享受,既健身,又养心。

家住双塔边,这是一个闹中取静的地方,也是一个散步的绝佳地段。春天,往南走,大公园充满生机、绿意盎然;夏天,换个角度再往西走,观前街走累了还能吹吹空调;秋天,往东走,苏州大学丹桂飘香,满校园都是甜津津的味道;冬天,往北走,平江路散发着淡淡的温情,还能在奶茶铺子捧一杯暖暖的丝袜奶茶。

两个人的散步,在夜晚,那是一种绝对舒畅的体验。空气中有一种淡淡的清香,用鼻子呼吸,会让全身都得到滋润。出小区门就是一条蜿蜒绵长的小河,沿河栽满了充满生机的各种植物,柳树随风舒展,桃花热情绽放,迎春花星星点点的绿芽已挂满枝头……每走百十米的样子,就会有一座青石板的小古桥横搭在小河两边,河这边老两口靠着桥栏悠闲地遛狗,河那边三五个大妈在桥墩上坐着聊天……一路上有亭子,有榭廊,有人家,有店铺,边走边瞧,边走边听。迎面偶尔也会碰到一对对夫妻散步,有的手拉着手,甜腻腻地偎依着;有的一前一后,认真锻炼,浑身是汗;有的边走边低声耳语,平淡但特别温情……一路走还能嗅到各种各样的味道,真是一种"色香味"俱全的享受。看桃红柳绿,黛瓦粉墙,挑檐飞角,月隐树梢;听人来车往、啾啾鸟鸣、缓缓河水、隐约评弹;闻泥土的湿润、青草的清香、空气的纯净,甚至偶尔邻家飘来的炖鸡汤的香味……

　　我和先生用中等速度行走,这样既不感到疲劳,又能一路欣赏风景和感受意韵,很是惬意。一路上说说笑笑,分享着身边发生的故事,一天工作的成果,浑身的劳顿在轻松的步伐中烟消云散。待到身上微微发汗,热乎乎的感觉从皮肤一直穿透到心里,这也许就是散步的魅力。

　　每天晚饭后,先生都会问我:"今天散步去不?"

十全街印象

　　十多年前,十全街在文化古城苏州还是一条并不十分显眼的普通街道,在人们的印象中,那里除了一家始建于南宋的古典园林网师园和几家旅游宾馆外,似乎并没有特别吸引人的东西。

　　大概从80年代中期开始,十全街突然火爆起来,一家家沿街老式民宅变成了一爿爿以个体经营为主的工艺小店,古玩绣品、名人字画、民族丝绸、工艺雕刻、文房四宝、紫砂茶具……在这里一应俱全。中外游客在欣赏古典园林之余,在十全街品品香茗,买上几件字画古玩和工艺品,也真不亦乐乎。

　　十全街热闹了,也成了一些个体户发财致富的风水宝地,然而留给社会的却是破旧的古老危房、凌乱的市容市貌与无序的市场竞争……于是,市、区政府下决心对十全街进行规划、整治、改造。

　　如今的十全街变了,变得越来越像苏州了。苏州的路桥布局、苏州的建筑风格、苏州的文化品位、苏州的传统风貌,在十全街集于一身。

苏州,素以"小桥、流水、人家"的清丽市貌闻名于世,"水陆平行"、"河街相邻"的双棋盘城市格局又倾倒了多少城建规划专家。而十全街的改造正是凭借苏州城这种得天独厚的优势,沿袭了河街并行、路桥相接、东西走河、南北架桥的格局,以河道为骨架依水成街。临水设市,巧妙而自然地将小桥、水巷、宅园、绿荫、商市融为一体。

现在,当你漫步于十全街,定会被它独具地方特色的建筑风格所吸引,这里的沿街建筑多以明清建筑风貌为主格调,高低有致、鳞次栉比、古朴淡雅、内涵丰富,具有韵律感。它们有的斗角翘檐,有的雕花描彩,一式的黛瓦粉墙,给人一种富丽而不失典雅、鲜艳而不失庄重、新颖而不失古朴的感觉,加上十全街背临水巷,青石板、石拱桥、弹石路、白粉墙,幽静多姿。我想,经过以后的治理,倘若沿着石阶河埠,拾级而下,将是一湾清流,可谓美不胜收。

十全街原先是一条工艺街,也许是"民以食为天"的缘故,这里的经营者发现搞餐饮业要比摆弄工艺美术的效益更为可观,便开始了一场美食文化"大汇展"。先看看那些饭店、酒家、茶楼,有京帮的北海仿膳、川帮的山城火锅、苏帮的清蒸湖鲜,台湾的特色茶点甚至日本的纯正料理、韩国的无烟烧烤、英国的欧式西餐等等都汇聚在十全街,真可谓是中西饮食文化的大交流。

再看看那些招牌。细心的人们会发现,如今十全街的招牌与众不同,那些具有浓重文化味的店名、题字多出自当今苏州书坛大家、学界名流之手,钱仲联、沙曼翁、沈子丞、瓦翁、谭以文等,这无疑提高了十全街的品位。更有意思的是那些店名,比如"沁绿轩"、"格林"、"同心阁"、"宝石楼"、"大可以"、"竹园"、"听枫楼"、"石泉楼"、"老苏州"等等,好像压根儿就不是饮食店,而是一爿爿书苑古玩店。"老苏州茶酒楼"把地道的苏帮菜肴、传统的乡土装束、质朴的水乡风情、高雅的书墨文化融为一体,形成了一道独特的姑苏饮食文化风景线。服务员蓝白花褂、藏青围兜、盘头小髻,操着吴侬软语为您送上一道道色香味俱佳的传统菜肴;酒楼里扁担水桶、灶头水缸、斗笠蓑衣、竹篮竹匾应有尽有。屋里屋外条条对联、张张书画,令人回味无穷:"天涯来客茶当酒,一见如故酒当茶"、"莫笑农家腊酒浑,丰年留客足鸡豚"、"妙笔生花,好书下酒"……食客们边品着纯正鲜美的特色苏帮菜,边欣赏力透纸背的书法作品,真是别有一番情趣。

难怪人们说,在十全街购物逛街,在十全街美食休闲,时常会感受到一种清新、自然、文雅的氛围。我想,这就是文化的品位,这就是文化的魅力。

3

如
水
情
怀

需要的理论

著名的马斯洛"需要层次理论",分析出了关于人的需求的层次 :最低层次的是生理需要,进一步是安全需要,然后是人际交往的需要,接着是被尊重的需要,最后才是实现自我的需要。

如今,需要何其多,哪些是高层次的,哪些是低层次的?哪些已经满足,哪些遥不可及呢? 生活上,吃饱已经不能满足需要了,要吃得好 ;穿暖已经不能达到要求了,要穿得美 ;两轮车已经适应不了越来越大的城市生活了,要换四轮的 ;小公寓已经住得厌倦了,梦想着有自己的别墅……工作上呢,做干事的时候想着当个副处长,当了副处长更是夹紧尾巴拼命努力,为了抹了个"副"字,把"副"字抹掉以后便开始向更高层次"冲刺"……内心世界呢,过平淡而无趣的日子不甘,要制造小情趣小浪漫 ;仅有的知识储备不够,要参加各种高端的培训提升自我 ;做个平凡的简单人还不够,要不断成长为更强大的"成功人士"……

需求有时候真不是好东西,它来得越猛烈,人就越辛苦,作出的努力就要越大,伴随着牺牲的东西就会越多。小时候有个童话故事《渔夫与海》,说的是贪婪的后果。当然,需求和贪婪不能相提并论,但这个"度"一定要控制好,学会满足,学会自我安慰,会让心态更健康。当吃好了,穿美了,开着车,住着宽敞的公寓的时候,应当感到无比知足;当在工作岗位上做些实实在在的事情的时候,应当觉得非常快乐;当拥有了一群"狐朋狗友",偶尔"小资"一下的时候,应当感觉足够享受,这样,幸福感就油然而生了……

前几天见网上进行"幸福指数"的调查,结果三十一个省会城市中"人情幸福度"、"近年来发展幸福度"、"赚钱机会幸福度"排名第一的竟然是拉萨!细想想,也许并不是拉萨真的好到社会经济文化水平有多高,而是在拉萨生活的人们的需求更单纯、更简单,有宗教支撑的拉萨城的人们,也许是带着宗教般的感恩的心来做这份问卷调查的,自然,还有哪个城市比得上呢。

有个男性朋友,相貌一般、才情一般,但在他妻子眼里,他十分完美。记得一次碰见他妻子,和我说起她先生出差回来给带的一条九十元的裙子,有多漂亮多合身,面料多舒服,剪裁多精致,那眉目间的幸福感都要让人醉了,我完全被她"单纯的幸福"感染了。至今,她当时两眼放光的表情仍然历历在目。

需要的满足是让人幸福的,如果让需要更单纯一些、简单一些、离现实更近一些,那么幸福不就唾手可得了吗?

你幸福吗

　　当记者在大街上送上话筒,问道"你幸福吗?"的时候,多数人是一愣,不知如何回答,所以网上盛传了一种"神答复"——"我不姓付,我姓张。"是的,幸福是什么,怎样才算是幸福,你幸福吗?

　　光从文字上来看幸福,其实很容易理解幸福的含义,"幸",上面是"土",说的是有房有家,下面是人民币,说的是钱财丰盈;"福",左边是祈祷,右边是"一"、"口"、"田",就是祈祷家里的每个人都有土地,合在一起,幸福的含义就是吃穿不愁,有房子住,有钱花,有一个温馨和睦的家。

　　对于我来说,幸福其实可以很简单,清早喝一口妈妈泡的蜂蜜茶的时候,宝宝在脸颊亲咬一口的时候,爱人在不经意间搂你入怀的时候,菜花地里摘上一大束黄花的时候,忙碌了一阵许多人投来赞许的目光的时候,甚至是饥渴的时候有凉白开水,劳累的时候有藤椅,伤心的时候有人拍拍肩膀……幸福是内心深处自然流淌的一种感受,自己觉得幸福了就真是幸福了。然而,幸福有时却只是短暂的感觉,一瞬间的感动,转瞬即逝。长时间的安逸很容易,然而长时间的幸福却很不容易。

人是贪婪的,没有物质的时候,憧憬着丰衣足食的幸福,当丰衣足食了,又发现原来幸福是精神的丰富,而精神层面的满足也只能带来短暂的幸福感,于是人类就不停地用"追求幸福"来折磨自己。对他人的不满,对环境的不满,对上天的不满……每每实现了愿望,幸福一瞬间,然后继续烦恼。为什么就不能轻松一些呢?为什么不把要求放低一些呢?好强的人坦然一些,较真的人释然一些,拜金的人淡然一些,喜欢思考的人愚蠢一些,也许从此幸福便唾手可得。

我渴望这种唾手可得的幸福,这种淡泊的、永久的幸福感。幸福不是给别人看的,重要的是自己心中充满快乐的阳光,它完全掌握在自己手中,而不是在别人眼里,这种感觉是愉快的,使人心情舒畅,甜蜜快乐。好比走一条道路,幸福不是终点站,她随时都在道路的两边,处处都是美景,就看我们怎样去发现、去感悟。

你幸福吗?

关于"女人"

菜市场里,一位买菜的中年男子与卖菜的中年妇女讨价还价,于是妇人对男士说:"你怎么像个女人,斤斤计较、婆婆妈妈……"

单位里,几名女职工凑在一块儿聊天,眉飞色舞、手舞足蹈,从丈夫孩子谈到服装饮食,从市场物价谈到家庭生活,从奇闻轶事谈到小道消息,不厌其烦地把一件件家务小事叙述得趣味盎然。于是,男人们说:"瞧,这就是女人的本事……"

在日常生活中,如果哪位男士精于料理家务,有人会说:"不要太像女人哦!"如果哪位男士油头粉面,说话嗲声嗲气,又会有人说:"真是'娘娘腔'!"

女人,本来只是性别的含义,属于名词的范畴,可不知从何时起,女人的含义被异化、歪曲了,披上了一层扭捏的面纱。

然而,今天的女性已既不是那种盘发髻、裹小脚的旧式妇女,也不是那种"围绕锅台转、围着丈夫转、绕着孩子转"的传统妇女了,女性的精神风貌已经和正在形成新的变化,作为女人,她们奋发努力、勇敢坚强,她们聪慧靓丽、勤劳善良,她们有文化,有思想,也有进取心。

身边也有一些成功的女性,她们有的比男人更坚强和努力,内心强大、能力超群,在事业上攀登着一个又一个高峰。人的能量是守恒的,这样的女子,在家庭中的女性角色自然会淡一些,有时对孩子会关心不够、对爱人会照顾不周、对自己会苛刻要求,她们在为自己的成功骄傲的同时,偶尔也会反省,自己还能回归到"很女人"的行列吗? 其实,适合自己的就是最好的,当在事业上获得成就感的时候,当被周边人夸奖为女强人的时候,当通过努力获得别人由衷的尊重的时候,女人也可以变得很美丽。只是在内心深处,在自己可以支配的时间,做回一个温暖而平和的女子,善待家人、善待自己,在女人的角色里汲取温柔的力量,继续成长。

女人似水,温柔、细腻、恬美;女人似火,热烈、多情、任性;女人爱打扮,爱唠叨,有的还爱哭鼻子……这常常是女人的天性,孰是孰非,反正有人喜欢,有人认同,不管女人的地位和身份发生了什么变化,女人身上或多或少会隐含着这种特质,女人终究是女人。

有人说,做女人,要有大女人的素质,有小女人的情怀。大女人聪慧果敢,精明强干,小女人细腻温婉、贤惠可人。有大女人的潜质却深藏不露,当男人顶不住的时候,偶尔一露峥嵘,出手不凡;有小女人的情愫并和风细雨般流淌,当男人焦躁烦闷的时候,偶尔略施小计,化解劳顿。做女人,要"女人",真女人、才"女人"。

女人可以很勇敢也可以很温柔

每天中午休息的时候,习惯在电脑上看《心理访谈》的视频,很多的离奇故事,很多的不良情绪,很多的不当行为,由心理咨询师一一分析指导,对于我们这些心理咨询初学者来说,是有些帮助和借鉴的。

特别记住了一句话"女人可以很勇敢,也可以很温柔",觉得很有道理。

这是挺朴实、挺辩证的一句话,很容易明白其中的意思,但真的要做好,却也需要用心磨练。

勇敢是一种内在的精神,坚强、努力、有韧劲儿、能干、聪明、独立……它让一个女人内在很丰富,很有力量;温柔是一种外在的表现,端庄、贤淑、柔弱、雅致、斯文……它让一个女人看起来很舒服,很需要整个世界来呵护。

内在坚强,外表"女人",看起来似乎很矛盾,但我们可以为之努力。任何极端都不是最好的状态。有一些女强人,全心全意追求事业的成功,会议上慷慨陈词,谈判桌上据理力争,生起气来破口大骂……多了领袖的气度,少了女人的味道……大家更多的是敬她、畏她，但要爱她，除非有绝对的勇气和底气。也有一些弱女子，工作没几年，嫁了人，生了孩子，整天喊苦喊累，索性就回家，放弃工作，做了全职太太，尽管家里确实不缺她那些少得可怜的工资，可她的安全感却全部来自丈夫，稍有风吹草动，就惶惶不可终日……

　　而我们大多数女人是"折中"的，这"折中"伴随的是辛苦。既要工作，用那些赚得不比男人少的钱来贴补家用；又要管家，开门七件事，样样少不了；既要像男人一样在这个复杂的社会打拼，又要尽好女人的本分，把家庭、孩子、丈夫照顾得服服帖帖。女人多难，有多少女人能做得"完美"，当女人"完美"的时候又有多不容易！

　　所以想想，女人为什么要让自己那么辛苦？里外都要做完美"能人"呢？为什么不能适当调整，为自己减减压呢？

　　工作的时候，尽责就行；拿工资的时候，问心无愧就行；回到家的时候，舒服就行；面对孩子的时候，有爱就行；和爱人相处的时候，温暖就行……这样，给自己的内心建一道防护墙：女人，工作是为生活服务的，事业成功，生活更富裕，内心更充实；工作不快乐，也就只是工作，赚些小钱，回家好好过日子。女人，生活是给自己享受的，生活如意，无忧无虑，带给身边所有的人快乐；生活不顺心，调整心态，积极努力，并给男人多一点承受压力的机会……大多数男人是有保护女人的本能的，当一个内心健康而又勇敢、外表温柔而又贤淑的女子需要男人的肩膀的时候，相信男人一定会像山一样挺立着。

　　做个"可以很勇敢,也可以很温柔"的女人,勇敢使内心坚强,温柔让外表美丽。这个社会,似乎终归还是男性的世界,大事由男人们扛着,我们用心地托着男人的腰!

责任、亲情与爱情

工作是一种职责,不是紧箍咒。

对于我来说,工作是一种内在的职责。忙碌也好,加班加点也好,应接不暇也罢,都用一种平静的心态来面对, 认真踏实、问心无愧,尽一种责任,别人怎么看、怎么认为、怎么评说,其实不那么重要,只要心中没有杂念,便坦然快活。一天二十四小时,除了睡觉、休息,大部分时间用于工作,如果把工作理解为人生不可或缺的生活方式和内容,看作是一种感受,感受着同时为社会贡献着,价值就大了;倘若将工作过于功利化,甚至为了某种所谓至高无上的目标,套着紧箍咒违心做事,来不及抬头仰望天空的美好和身边美丽的风景,错过了就错过了,遗憾的是自己的内心。

爱情是一帖补药,不是风花雪月。

爱情是滋润一个女人最好的补药。爱来自细微的点点滴滴,和风花雪月无关,和卿卿我我有别。十指相扣牵着手行走在石板路的时候,出差时早晨收到第一条叫早短信的时候,生病后嘘寒问暖的时候,甚至是趴在地上一起打扫屋子的时候,爱意和暖意会遍布全身,心情好了,气色就好了,气色好了,就更美丽了。其实,爱情和风花雪月真没有什么关系,那虚无飘渺的东西怎能和实实在在的爱情相提并论,爱是一种踏实、一种默契、一种温暖、一种打心底里的安全感,可以不要玫瑰,可以不要钻戒,但不可以不要那双充满爱意的眼神和那个厚实的肩膀。

亲情是一种支撑,不是责任义务。

女儿像个小精灵,健康快乐地成长。每回到家门口,电铃一按,她就会用一张粉嫩嫩的笑脸迎接我:"妈妈,你知道今天是谁给你开的门吗?"她会捧着我的脸很"做作"地说:"妈妈,我实在是太喜欢你了,你是这个世界上最好的妈妈!"她会不停地缠着我问:"这个为什么呢?那个为什么呢?"她会表演大段大段的朗诵节目,让亲朋好友喜笑颜开……父母永远是最细腻地关心着我的人,家里的大事小事都不用我操半点心,倒是我时常要给他们添点麻烦,他们说归说,做归做,对所有的事情有尽不完的心。亲情,支撑着家的结构,情越深,家便越牢固越温暖。

认真对待工作,珍惜所有的情谊,善待自己的家人,一切会更美好!"我们是一家人,相亲相爱的一家人",女儿喜欢唱这首歌,我也喜欢!工作之余,我们一起聊天、一起看电影、一起出游……当笑声不断从我们家传出的时候,我们知道,这就是我们想要的生活,幸福、快乐、充满期待的生活!

豪宅与家

人到中年,物质条件丰富了,就喜欢折腾房子。最近,几个好友接连乔迁,这个双休,主题只有一个——贺乔迁、赏新居。什么叫"豪宅",一般想来,应该是一幢大别墅,四楼四底,装修豪华,用品奢侈……可这次"赏"的这个"豪宅"就不是用"豪华奢侈"可以形容的了!那是一幢凝聚了房子主人财富、地位、品位、审美水平、对生活的态度、对人生的追求的作品,一件足以让人细细欣赏但绝不会心生妒忌的作品,因为它的奢华已遥不可及。

有钱有地位的人不少,但要买下几千万的豪宅,并把心所向往的林林总总用"家"的形式淋漓尽致地表现出来的却不多。曲径通幽的私家庭园,清雅秀丽的亭台楼阁,大片的池塘鱼尾欢舞,全欧式的雕花风格,里里外外满园的地暖,家具配饰的高档奢华……真正感染到我的是偌大一个宅子里温暖如春的精致氛围。随处可见的圣诞红把冬日的庭院点缀得生机盎然,屋里的蝴蝶兰和各色的植物让这个家生动活泼,小到一把勺子、一个杯子,大到一个屏风、一幅窗帘,都是精致生活的体现。在女主人的"调教"下，两个住家的阿姨把宅子"伺候"得像超五星宾馆一样，每一块毛巾的折叠摆放，每一件衣服的整理熨烫，每一件物品的位置定位，都规范得整齐划一，家里没有灰尘、没有水渍、没有杂物……不能想象家可以是这样的。这一切的和谐和精致虽不是女主人的亲力亲为，却处处体现她创意的安排，毛巾的叠放、香水化妆品的摆放、床铺的整理、衣服的熨烫……都是女主人手把手教给阿姨的。于是，午后，有透香的伯爵茶；来客人了，有丰盛的水果点心；开饭了，有香喷喷的草鸡汤……一切如寻常百姓家一样温暖。家最重要的是温暖的感觉，如果它的豪华、秩序、"地大人稀"都不会影响到它的温暖，而能增加舒适度，那便是一种美好，就像这里一样……奢华，不是昂贵家什的堆砌，更不是简单的物质表象，每一个房间都留有主人的生活印记，每一个角落都记录着人生的过往，家因此成为精神停靠的港湾。

改革开放发展的红利让一部分人先富了起来，这是时代的进步，但对于大多数人来说，居住豪宅那是可望而不可及的事。其实，住着几千万市价的房子固然是一种幸福，但作为幸福，与房子面积大小并无必然联系。另一个好友，最近搬了新居，面积不算大，我在那里做客，明显感受到了房子作为"家"给他们的幸福和温暖。站在小高层的阳台上，视野很宽，阳光很暖，心情很舒畅……每一个房间功能都很到位，不多不少，对于他们家来说，正好。三个阳光通透的朝南房间，自己的，母亲的，孩子的，北面的书房很安静，关起门来互不影响,厨房、餐厅和大客厅的简中式布置,让这个家特别有气氛。女儿欢快的扬琴叮咚声传播到屋子的每个角落,母亲掌勺的红烧肉,香味弥漫开来,男主人在电脑前潜心完成着他的图纸,她泡了一壶上好的碧螺春,优雅地给我斟上了一杯……这里不豪华、不亮眼,但很和谐、很温馨;这里不时尚、不张扬,但很舒适、很温暖。

房子对于中国人来说,不单单就是房子本身的意义,它代表财富、代表尊严、代表子孙的传承、代表一个牢靠的家。房子牢固、稳妥,住在房子里的家人就会多一分安全感;房子精致而温馨,这个屋檐下的家就多一分暖意。尽管房子有时候也会漏漏水、跳跳电,但终归只是一些小插曲,丝毫影响不了人们对它的依赖。就像家一样,尽管生活中也有磕磕碰碰、吵吵闹闹,但终归影响不了人们对家的眷恋。家能给人最大的稳定感和安全感,房子是家外在的一种表现形式。

"居者有其屋。"房子是重要的,没有房子就很难说有一个完整的家,也很难有一种稳定踏实的安全感。因此,投入地购置、装修、布置着属于自己的房子,是一种对幸福的期待,也是对家的渴望。而真正的幸福,不是房子有多豪华,有多大,而是全心投入地去爱这个家,并被家里所有人爱着。

情人节快乐

宝宝昨晚问我 :"明天是什么节啊?" 我回答 :"是芭比娃娃和王子在一起的节日,你明天把他们放在一起,不要分开,他们就快乐了。" 宝宝一早起来,就把她的一对最漂亮的情侣娃娃捧在怀里。

又到一年情人节。这个西洋的节日如今成了年轻人每年的一件盛事。每年的这一天,都能看见男孩手捧鲜花傻傻地跟着女生逛街 ;每年的这一天,西餐馆永远客满,哪怕这天的价钱是平时的 N 倍 ;每年的这一天,巧克力、糖果总是被包装得异常绚丽,不管价钱多贵,销量总是出奇地好⋯⋯情人节,一个浪漫的节日,一个表达爱意的节日,一个洋溢甜蜜的节日,一个感受温暖的节日⋯⋯

"情人" 这个称谓在汉语中是带有贬义色彩的,它和"爱人"不同,和"情侣" 也不同,似乎"外插花" 才可以称之为"情人","第三者" 才被称作"情人",家里的"红旗" 是老婆,家外的"彩旗" 是情人。

但现在大家过的这个"情人节",它所蕴涵的意思是"有情人的节日",绝对是一个浪漫的节日,不同寻常的日子。

其实我想,那些至今还在唱单身情歌和寂寞的男女在这时候应该是不知所措的,看到别人成双成对的浪漫,想着自己孤家寡人的那份心酸,只能咬牙切齿地唱着《没有情人的情人节》《白天不懂夜的黑》;而那种有"情人"的男人,在情人节是最"纠结"的了,想出去约会,又只能乖乖地守在家里,以免被老婆看出异样;大多数"木已成舟"的丈夫们,在情人节这天,宁愿猫在家里,看电视也好,看书也罢,陪家人也行,绝不凑那个热闹,赶那个时髦,要是也去买一束疯狂涨价的红玫瑰,带回家说不定还会遭到老婆的严厉批评;而那些正谈着恋爱的"小男人们",好不容易发了些年终奖,这节一过、花一送、饭一吃、礼一献,整个皮夹子就瘪了……所以我猜想,男人们对这个节日应该都是烦恼的。

女人就不一样了,这个节日要比妇女节都来得实惠。爱她就要向她表白,耳朵舒服了;喜欢她就要请她吃饭,嘴巴舒服了;想让她高兴就要给她送花,眼睛舒服了;想要娶她就得精心安排求婚环节,心情舒服了……吃饱、喝足、有人捧、有礼物拿,哪个女人不期待这样的节日呢?于是在女人的"期待"下,男人们负重奋进、敢于争先、勇往直前。

那些结婚多年、恩爱有加的"老夫老妻"们,绝不会在这个节日瞎搀和,他们会和往常一样,做几道可口的小菜,一边互相夹着菜,一边开心地谈笑,也许谈的就是情人节的话题,很淡然,但眉目之间都是浓浓的"情"!感情,是人内心最柔软的那个部分,不管过不过所谓的"情人节",愿所有有情人的生活都过得温润舒心、平静安康。

暖暖

在一个暖暖的午后,听着这首名叫《暖暖》的歌,突然觉得自己像个小女生一样,被这样暖暖的感觉融化了……

很多时候,内心的温暖是说不清楚的,只是一些细节,一些感动,让人的内心微热一下,顿时荡漾出温暖来。歌里传递的暖自然而朴实,没有太多的修饰语,没有俗套的"你情我爱",它用最简单的语言诠释了最复杂的爱!"暖"是爱的方向,"都可以随便的,你说的我都愿意去";"暖"是信任,"都可以是真的,你说的我都会相信,因为我完全信任你";"暖"是分享,"分享热汤,我们两只汤匙一个碗,左心房暖暖的好饱满";"暖"是默契,"我哼着歌,你自然地就接下一段,我知道暖暖就在胸膛";"暖"是依靠,"毛毯般的厚重感,晒过太阳熟悉的安全感,你手掌的厚实感,什么困难都觉得有希望";"暖"是鼓励,"你比自己更重要,我也希望变更好"……

跳跃而轻松的节奏、轻巧而温暖的嗓音,让这首歌听来充满暖暖的爱意,犹如这午后的阳光,照在身上,暖在心间。

过了激情燃烧的年龄,没有了火山喷发的热情,我这个年龄的女人们,偶尔会笑话少男少女们的痴情执着、不切实际,偶尔会感慨年老者人到黄昏时的平淡落寞、心灵孤寂,更多的时候是抱怨着自己生活中的点点滴滴……先生回家太晚,孩子太闹太顽皮,工作太繁忙压力太大,婆婆不知道体谅自己,养家、还贷、做饭、洗衣……这时候的生活最纷繁、最热闹、最华丽,但却没有工夫去好好体会……

其实,温暖是靠自己去感受和积淀的,怀揣着一颗平和而宽容的心,去感受生活的温暖片段,暖意自然悄悄爬上心头……

我一直努力地做个懂得感恩的女人,感恩上天带给我的一切幸福,慈爱的父母、可爱的宝宝、爱我的人,一切一切的温暖,让我的生命,没有寒冷!

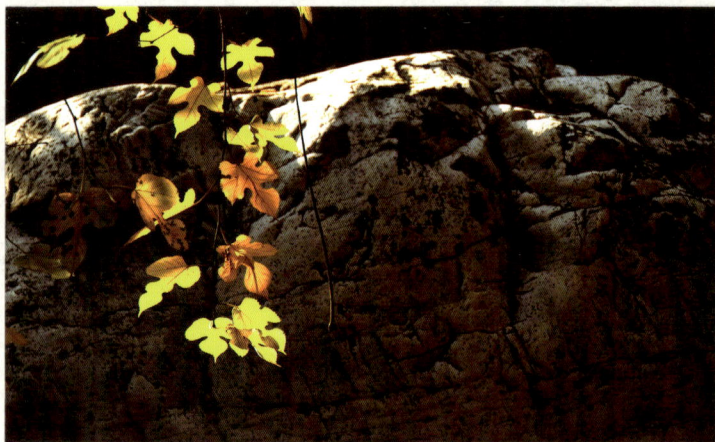

潜意识的收获

心理专家一直喜欢用一个词语 :"潜意识。"什么是潜意识? 很难说清,字典里的解释是指人类心理活动中,不能认知或没有认知到的部分,是人们"已经发生但并未达到意识状态的心理活动过程"。听起来很玄,但分析人的内心真的是件挺玄的事情。

心理咨询师有能力让人更加了解自己,和自己的内心近距离接触。前一阶段,参加了未成年人健康成长指导中心的苏老师"意象课程分享",在专业老师的带领下,我更加走近了自己的内心世界。

老师用沉着、温和、安静的声音把全身放松、轻闭双眼的我们带进了自己的"意象"。每走一步,各自看到了不同的景象——顺着座位离开教室,走到了一条路上,这是一条什么样的路,两边是什么景色,前面有一座房子,房子是什么样子的,门是开着的,还是关着的,你推开房门,看到了什么,墙面上是什么,你走下地窖,地窖里有什么,在地窖的深处有一面镜子,你在里面看见了什么……

在座的每一个人看到的景色都是不同的,做模拟的老师复述了她的感受 :她走进了苏州的一条石板小路,两边是斑驳的墙面,在小巷深处,她走进了一座苏州传统的古民宅,门关着,推门而入,装修是崭新的,屋子侧面看见一只景泰蓝的花瓶,有几枝竹子在天井的一角,地窖里有陈年的黄酒,看见有镜子,却不敢对视……由此投射出,她是一个内敛的、传统的、古典的、对事情很有自己看法、甚至有些清高的姑娘,内心深处有些东西,会选择回避的……

我没有机会把自己看到的一切和大家一起分享,但至少眼前的一切都是美好的 :我在一条田园小径上行走,旁边是大片的、翠绿的、密密的、软软的草坪,眼前很开阔,阳光很好。远处的一座房子是那种建在半山腰上的欧式古典小别墅,红色的屋顶,尖尖的,墙面看起来有一些米白,门是虚掩着的,我推开大门,挑高的空间,屋顶悬着一顶晶莹剔透的水晶大吊灯,很稳固地悬挂着,一点不摇晃,屋子里就一套米白色的沙发,墙上挂了一幅落地的抽象油画,红的、黄的、蓝的、绿的、紫的……很多色彩融合在一起,看不出是什么意思,但是很有力量、很有深度的一幅画,地窖有五层阶梯,下去后,下面又是璀璨一片,一面墙壁陈列的是各种玻璃瓶子,折射出耀眼的光彩,五彩斑斓,镜子里我看见了自己,很优雅的样子……

我没有具体询问老师,不清楚这些意象具体说明了什么,但确实是折射出来了一些东西,大气、张扬、空旷、绚丽、自信、美好……这些是我渴望的? 还是本身气质里就有的? 自己有时候是很难看清自己的。

　　整个一节课上得很"悬",但心理投射就是这样,你不得不相信有时候人的潜意识的真实性,而且这些潜意识能帮助人看清自己,走出心理困境。

敏感是毒品

突然想到了这句话,"敏感是毒品",觉得很贴切。

敏感,就是对外界事物反应很快。敏感的人一般都很细腻,细腻地观察着生活的点点滴滴,细腻地在意着周围的变化,细腻地感受着别人的一举一动……而每一次敏感之后,便会生成太多的情绪波动,或开心、或兴奋、或失落、或迷茫、或焦虑……敏感有时是件很享受的事情,一个人内心被一次又一次地丰富,一次又一次地感染,每每轻轻一触碰,都会泛起共鸣的涟漪,这种感觉真的很好,但当敏感过了分,便变成了毒品,不敏感不行,敏感了更难熬,有如黛玉一样,落入独自葬花的悲凉境界。

生活中我们常会碰到一些敏感或者说猜疑心很重的人,他们总觉得别人在背后说自己坏话,或给自己使坏。喜欢猜疑的人特别注意留心外界和别人对自己的态度,别人脱口而出的一句话很可能琢磨半天,努力发现其中的潜台词,这样便不能轻松自然地与人交往,久而久之不仅自己心情不好,也影响到人际关系。

敏感并不一定就是缺点，对事物敏感的人往往有灵气，有创造力，但如果过于敏感，特别是与人交往时过于敏感，就需要想办法加以控制了。否则，敏感真如毒品，愈演愈烈、欲罢不能。

心理老师说："让我们活得像只快乐的鸟儿。"像小鸟一样没有烦恼，每天可以无忧无虑地快乐生活。然而人们生活的世界这样五光十色，这样纷繁复杂，诱惑多、烦恼多、欲望多、苦难多、问题多……要做一只不懂感受的鸟儿着实不容易。

每天散步看到的一幕幕，小巷里的苏州人，捧着堆满红烧肉的饭碗互相串着门，大大咧咧、没心没肺的发自内心的爽朗笑声，跷着二郎腿坐在藤椅上给收音机里的评弹打着节拍……我想，此时的他们是放松和豁达的。少些敏感，多些释然，没有心结，没有猜疑，便没有了无谓的烦恼。

愿落叶只在秋天

"碧云天,黄叶地,秋色连波,波上寒烟翠。"的确,总是在秋风愁起后的日子里,树叶才渐渐飘落,往日那满树的郁郁葱葱便自然而然地变枯变黄,而后不经意地随风吹远、消失殆尽……这似乎成为了一种天经地义的自然规律。所以,我很少会为它泛起心中的惆怅,甚至认为生命的自然消亡是一种无憾。

然而,在很偶然的一个夏日里,我骑着单车路过一片树荫,一阵透过层层叶片的夏风吹过,我忽然发现有一片绿叶轻落在我随风飘着的裙摆上。那是一片翠绿翠绿的梧桐叶,绿得不带任何杂色。我掂着这片绿叶,心中忽然泛起了一丝近乎幼稚的感慨:原来夏日也会有随风飘落的殒叶,原来落叶也不仅仅是枯黄色,原来树叶的飘零不只在秋天。

于是,这绿叶的殒落,不由地让我感慨起来。有时,人们就像夏日里摇摇欲坠的绿叶,虽然已接近衰落,却还不明白自己的处境,仍坦然而虚妄地等待秋天。他们往往认为自己过得很洒脱,时间可以漫不经心地去耽搁,工作可以随心所欲地去变换,性情可松松散散地去养成,然而却不愿努力地汲取枝干中的营养来充实生命。

在年轻的时候,我们往往感不到任何紧迫。这时的生活就像一盘棋,可以平平静静地去下;像一次散步,可以轻轻松松地去走;像一段音乐,可以反反复复地去听,但我们很少会去想,该抓住些什么,该珍惜些什么。许多东西就这样挥霍了,放弃了。而当我们看见镜子中那充满活力的自己,居然无悔!这不正如夏日飘零的绿叶那样可悲吗?当它过早地殒落时,悔恨已无济于事。

所以,请记住,一片树叶完全可以在秋去后凋零,但也会在夏日里殒落,当你任意虚度时光时,生命的延续便是虚枉的,有如一片夏日殒叶,虽然仍是翠绿,但已失去生命的意义。

愿落叶只在秋天!

生命的意义

5.12 过后的一段时间,满世界的声音只有一个,那就是汶川大地震。电视、广播几乎只有一个频道,报纸几乎只有一个主题,都是关于灾区的情况,救援进展,天气状况,幸存者的状态,官兵们的精神面貌,基本生活解决情况……无数颗心被灾区紧紧地牵动着,无数双眼睛关注着灾区的点滴变化……

一张张感人的照片,一个个震撼的故事,关于母亲、父亲,关于爱人、情侣,关于儿子、女儿,关于同学、朋友,关于邻居、同事,让我们在悲痛之余,久久不能平息内心的感慨。生命的意义是什么? 人活着应该更多地去感受什么? 我们应该珍惜的是什么?……

夜晚,看着在身边甜甜地睡着了的女儿,梦里呵呵地笑出声的时候,我正在收看中央电视台"抗震救灾、众志成城"的报道,我忍不住轻轻抚摩她额前的头发,亲了亲她粉嫩的小脸,泪水瞬时就滑落了下来……此刻的我是多么幸福啊! 有精灵般的女儿缠着,有爱我的丈夫疼着,有慈爱的父母护着。

我衣食无忧,可以开着汽车过我的"小资"生活;我安居乐业,可以白天忙碌地工作,晚上享受着家的惬意……

当一个人学会感恩、懂得珍惜、知道满足的时候,他的心情一定是平和快乐的。中国有句古话"比上不足,比下有余",这是一种自我暗示的法宝,人这一辈子,平平安安、健健康康就自然会高高兴兴!那个身价几十亿的富翁,必定有他难以挣脱的烦恼;那个一贫如洗的老农,也一定会有他内心深处的幸福……

已经逝去的四万多的生命告诉我们,生命的意义在于什么,那就是——坚强一些、淡然一些、珍惜一切、感恩一切!我们感谢这次大地震让举国同悲后,带给大众灵魂深处的洗礼,让每一个人懂得生命的真谛,让活着的人在自己的心里,活得更美好!

孩
子
笑
脸

女儿要富养

"现在的孩子读书太辛苦了!"大家都这样说。各种各样的补习班、兴趣班、提高班,过关斩将的小考、大考、中考、高考,连艺术类的培训也跟上时代要求,均定了十级标准,舞蹈、声乐、钢琴、书法……似乎不考级就不知道为什么学了……于是,孩子们像陀螺一样转着,不知道快乐不快乐,不知道喜欢不喜欢,只是听爸爸妈妈说:努力吧! 不能让你输在起跑线上! 给了你一个快乐的童年,就欠了你一辈子!……

作为父母,谁也没有"上岗证",谁也没有经过培训,就匆忙"上岗"了,凭着个人的基本素质,摸索着教育孩子。我也不例外,面对女儿,需要边学习边做好一个称职的妈妈。

都说"女儿要富养",我认同这个观点,但"富"的定义内涵丰富,不只是富有的意思。"富养"不等同于娇生惯养,也不等同于溺爱,而是一种成长环境的营造。高雅、精致、高品质的生活状态和环境里,熏陶出的女孩子一定不会低俗。我一直觉得,在父母有条件的情况下,让女孩子尽可能地见多识广;在不铺张的前提下,穿得得体漂亮,吃得精细丰富,走得多,看得多,感受世界的美好和生活的斑斓。女孩和男孩应该是不一样的,男孩要培养成勇士,阳刚、英勇、智慧、接受挑战、经历磨难、肩负重任;而女孩要培养成公主,美丽、温柔、聪慧、善解人意、知书达理、能干得体。我不太赞成把女孩培养成女强人的类型,流泪了,用手一抹重新来;跌倒了,拍拍身上的灰继续干;再苦再累,手磨出老茧也要拼;勇往直前,不拿第一誓不罢休……这些确实没错,但对于女人来说又是何苦呢,这终究是一个男人的世界,太能干、太要强的女人有多辛苦,我们都见多了,何必让自己的孩子承担这无穷无尽的压力呢!和一个朋友开玩笑时说,女孩子若是穷着养,凡事都得咬牙挺,韧性强了,柔性就不够了;深知穷困的痛楚,诱惑来了,抵抗就少了。只有让女孩子在成长的过程中深知自己适应怎样的生活环境、喜欢交往怎样的人,将来长大她才会知道,需要的是一个怎样品质、品位的伴侣。

品行很重要

品行包括品德、行为习惯等等。善良、诚实、大气、端庄、贤淑……这些形容美好女子的词语应该都属于品行之列。而品行是骨子里的东西,是需要在幼儿时期培养的。宝宝一直记着我的三条"禁令":一不能撒谎骗人,二不能不尊重人,三不能小气。虽然当时似懂非懂,但在慢慢地强化下,她做得非常好。有礼貌,尊重师长,大大方方,不扭捏矫情,从来没有谎言,大家总是用大气、阳光、快乐来形容她。记得她小时候,把垃圾随手一丢,我会敲打她的小屁股,记住了,就养成习惯了;她把裙子掀起来,我会立即板起面孔批评,她知道这个"高压线",就不敢了;她学幼儿园的小朋友用唾沫吹泡泡、吐唾沫,我告诉她不可以再做这样的动作,训哭了一次,就再也没有发生过……我是个和蔼的母亲,很少对宝宝板面孔,所以,一旦严肃地指出她的错误,她就知道妈妈生气了,必须要改正。品行是生活中一点一滴形成的,来自学校、社会,最重要的是家庭,一双没有素质的父母可以培养出一个高分的高材生,但一定不能培养出一个高素质高品位的人!

艺术是翅膀

我有一个"歪理",一个女孩,可以数理化很一般,可以成绩在班级的中游,但她一定不可以对艺术一窍不通。艺术是一个人心灵的翅膀,对艺术有感悟力的人内心才会丰富。对于女孩来说,情商高要比智商高更容易获得幸福。懂得与人沟通,让周边的人都觉得温暖而阳光;妥善处理各种矛盾,让自己不受到伤害。所谓情商的培养,艺术教育起到了很大的作用,但很多家长在培养孩子弹琴、唱歌、画画、书法的时候,忘记了一样最重要的东西,就是兴趣!有兴趣才会喜欢,喜欢了才会有感受,有了感受才会沉浸,沉浸了才会真正有感悟……孩子的兴趣其实是很广泛的,今天喜欢唱歌了,过几天喜欢画画了,父母在这个时候就应当充当一个旁观者,创造条件去让她接触这些兴趣,没有拔苗助长的心态,没有成名成家的目标,平心静气地观察,观察孩子最喜欢的是什么,最适合的是什么,然后不断激发孩子的兴趣,鼓励孩子持之以恒的决心。身边的很多家长都是一样的,看见别人家的孩子都在学钢琴,就问自己孩子"喜欢弹钢琴吗?"孩子说"喜欢!我要弹!"于是省吃俭用买台钢琴……接下来,孩子就像是欠了他们的债似的,"都花了那么大的代价了,你没有理由给我偷懒,弹!"于是,钢琴就成了孩子还不完的债……艺术是世界上最美好的东西,千万不要让它变了味!

性格要启发

性格有一些成分是与生俱来的,它与父母的遗传有很大的因素。但性格是有可塑性的,可以启发的。有句很时尚的话"性格决定命运",其实不无道理。一个孩子豁达、开朗、乐观,他的耐挫力、坚强程度就一定会比较强。归根到底应该是一种思维方式,很多时候,我们要教会孩子"笑对现实",洒脱一些;要教会孩子心胸宽广,凡事不要太计较;要教会孩子坚强勇敢,战胜自己而不是别人;要教会孩子大大方方,做事做人光明磊落;要教会孩子充满自信,永远是自己内心的强者……

孩子是一张白纸,你在上面怎么涂画,她就成为什么样子,关键是看成人们画什么,用什么方法画。我相信,只要自己有心,只要本着让孩子健康、快乐地成长这样的目的,没有教不好的孩子,只有不称职的母亲!

孩子的给予

　　女儿两周岁了，洋溢着童趣，像个小大人似的。每当下班，她会张开小手伴着银铃般的笑声向我扑来，哼着自编的小调："妈妈下班回到家，囡囡请妈妈快坐下。"有时，冷不丁冒出个问题："老鼠爱大米，囡囡是老鼠，妈妈是大米，那阿婆是什么啊？"尤其在夜深人静的时候，她躺在我的身边一边嘴里哼着她改了词的催眠曲："睡吧睡吧，我亲爱的妈妈，囡囡的手手，轻轻摇着你……"每当此时，一种叫做甜蜜的爱在心中蔓延，一种叫做感动的幸福在心中扩散……

　　没有十月怀胎孕育生命的过程，无法理解生命成长的神奇；没有分娩时彻心的痛苦，无法感受到生命诞生的那份狂喜；没有凝视过似自己翻版的小鼻子小眼，无法体会到那份源源不断的温存感动。作为女人，孩子不仅能使自己的生命完整，更是一种延续，一种血脉的延续，一种情感的延续，一种生命的延续。不要说什么大话，譬如为人类发展、为社会传承，单为自己，当自己成为尘埃的时候，还有一个活跃的生命舞动，那是多么神圣伟大的感受。

　　有了孩子,便有了快乐。这种快乐是与生俱来的,当你劳累的时候,当你有了烦恼和忧愁的时候,孩子的一声问候,一个笑脸,一次撒娇,甚至一个傻傻的问题,都会使劳累解脱,烦恼消除,忧愁散去。也许有人会说,孩子的成长伴随着烦恼,孩子长大了根本无法左右,付出了太多的爱最终得不到相应的回报,养儿不防老……其实,大可不必这样思考问题,孩子成长的过程是自己人生丰富的过程,喜怒哀乐、爱恨情仇都是一种感受,我们不用要求所谓的回报、所谓的养老,哺育孩子的过程是互相的给予,不是单向的付出。

　　母亲是伟大的,母亲又是可怜的。有不少妈妈,自从孩子出生以后,就把全部的精力都放在孩子身上,怕冻着,怕饿着,忙衣食,忙教育,自己可以穿得不修边幅,孩子一定要漂漂亮亮;自己可以随便吃点凑合,孩子一定要注意营养;自己可以不读书不看报,孩子一定要上各种辅导班……结果,妈妈憔悴了、凋谢了、被社会遗忘了。其实在我看来,孩子是女人最好的美容法宝。孩子的一声"妈妈最漂亮"能让妈妈年轻好几岁,孩子给予的"情感营养素"能从内而外地滋润妈妈。妈妈能干漂亮,是自己的骄傲,也是孩子的骄傲。

　　哺育孩子追求的是一种幸福的过程,而不是追求幸福的结果;哺育孩子是一份对爱的感受,而不是单向的爱的付出;哺育孩子是女人生活的一部分,而不是生活的全部。

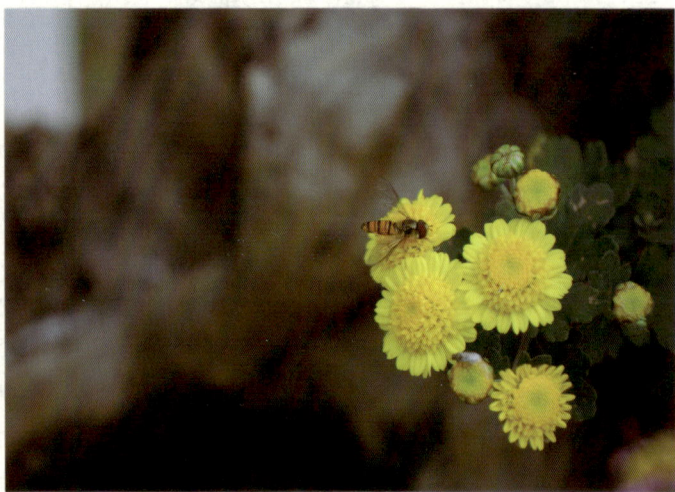

家有煽情宝宝

办公室的桌子上放着宝贝女儿的台历,玻璃台板底下压着她的照片,皮夹里藏着她的大头贴,手机屏里映着她的甜蜜微笑……当自己还是小姑娘的时候曾经笑话办公桌对面的大姐,至于嘛,像走火入魔似的,把孩子的照片搞得到处都是!可到了自己也做母亲的时候,不是一样乐此不疲?

女儿小涵长到三岁半了,能自己吃饭、自己洗手、自己穿衣服穿鞋子,苏州话说"不讨手脚"了,我这个做妈妈的这个时候总算小喘一口气,觉得极有成就感,怎么就把连骨头都是软乎乎的小肉团带到这么大了呢,怎么就把这个连吃奶瓶都不会的小笨蛋带成又能唱又能跳的小开心果了呢。

孩子带来的欢乐是妈妈最大的享受。每天一回家,她就一下跳在我身上,搂着我的脖子让我转圈圈,一边转,一边用她特有的方式咯咯咯地大笑;属小羊羔的她总是让属老虎的爷爷扮大老虎吃她,她就奔跑着躲进我的怀里哇啦哇啦地尖叫;电视里只要有演唱会之类的文艺演出,她就立马安静下来,这时把那些酸的、淡的、腥的营养食品塞给她吃,只管呱呱呱呱地嚼,那时候,做妈妈心里的窃喜就别提了。

这段时间,宝贝女儿的语言发展很快,能嘟着个小嘴和我自如地对话了。可我这个做妈的实在受不了她的煽情,搞得自己眼眶一会儿红一会儿湿的,怪难为情的。

出差了八天,孩子出生后前所未有的长时间外出,每天都给家里打电话,为的就是听见她那声甜甜的"妈——妈——"。终于回家了,当天晚上,她和我头靠头睡在一只枕头上,肉嘟嘟、软绵绵的小手在我肩膀抚啊抚,突然在我脸上亲了一口,怯生生地说:"妈妈,我真不舍得离开你。"说着就啪嗒啪嗒地掉眼泪。哟,当时我那个感觉啊,酸的、甜的、苦的、辣的,一下子全涌上来了,跟着眼睛就不争气了……

女孩子总比较嗲一些,小涵总是喜欢枕着我的肩膀香香地入睡,我也习惯了,尽管一靠就要半个多小时,尽管宝贝的聪明脑袋又大又重,但听着她轻轻的鼾声其实挺满足的。那天我们一起入睡,感觉她都快睡着了,忽然她轻声对我说:"妈妈,如果你手酸了就告诉我,我就睡到枕头上去。"我感动得一时都不知道说什么好,这么大的孩子也知道疼人,手也不麻了,肩也不疼了,就是眼睛又酸了……

不知道谁给她灌输了"老"的概念,一天,宝宝煞有其事地问我:"妈妈,我长大了你是不是会老了?"我说:"当然,你变成大姑娘的时候,妈妈就是满脸皱纹的老太婆咯!"只见她眉头一皱,雪白的小脸立即涨得通红,眼里的泪水夺眶而出,抽泣着说:"妈妈一定不会老的,妈妈一定会越来越漂亮的。"

反反复复,不停地说,我一边帮她擦眼泪,一边别过头去,生怕被她看见我感动的泪花……

家有煽情宝宝,是一种甜蜜,是一种幸福,也是一种享受!

孩子的微笑

　　新的一年就要到了,宝宝的台历做好了,封面上她微笑地看着这个世界,那么甜美,那么灿烂。她的笑容感染了我,也感染了所有的亲戚朋友。在寄给大家的台历里,我夹了张小纸片:"愿小涵绽放的笑容伴你度过和和美美、顺顺利利、开开心心、健健康康的一年!"微笑的魅力是无穷的,更何况是孩子那种无一丝杂质的无邪笑容。

　　宝宝从小就喜欢笑。老师在成绩单上说:"最喜欢你甜甜的笑容。"自家阿姨把她的笑脸形容成"慈哆哆慈哆哆",隔壁邻居说:"你们家孩子总是笑嘻嘻笑嘻嘻的……"是啊,没有一丝烦恼,整天在快乐的氛围中成长,能不笑容满面吗? 所以,不管自己的生活状况发生什么变化,我都有责任在她的孩提时代继续给她这份笑容,让她身心健康,快乐成长!

　　宝宝从出生到现在一直是和我睡的,真喜欢看她睡着后那恬静、安详的小脸,嘴角微微上翘,有时候扭扭鼻子,有时候闭着眼睛抓抓耳朵,所有的一切,在妈妈看来,都是那么生动和温馨,连头上微微冒出的汗水,我也喜欢去闻闻,那是一种能给人的内心带来温暖的香味,比任何名贵香水都珍贵!
昨天晚上睡觉前,帮她塞好被子,看到她露出圆圆的胖乎乎的
小脑袋,忍不住想去亲亲,就说:"你数到一百,妈妈亲你一百
口好吗?""好!"她开始用那普通话夹杂着苏州话的特有发
音数了,数一下,亲一小口,数一下,亲一小口,数到"廿九",连续
数了好几次"廿九"就不数下去了,我停下来说:"宝贝,怎么不
数了啊?"她回答我说:"廿九——'泥猪',廿九——'泥猪',
你'泥猪'得了!哈哈哈!"原来,她那口齿不清的发音"廿九"
和"泥猪"是一样的!(苏州话"泥猪"就是肉麻恶心的意思)
我笑得前仰后合,想想自己是有点过分,"吃豆腐"也没有这样
吃法的啊,被小孩子笑话……"关灯,睡觉吧。"我赶紧收回放
肆的笑容,表现出妈妈的"权威"。宝宝在被子里开心地唱歌,
一点没有想睡的意思。我很严肃地说:"宝贝儿,玩的时候要
开开心心地玩,睡觉的时候要认认真真地睡觉!"她立即说:
"睡觉怎么叫'认认真真'啊,应该是'安安静静地睡觉',上课
才叫认认真真呢!""哈,说得对!小涵能帮妈妈纠正错误了,
真厉害!"我连忙说,心里又是高兴又是囧,一晚上被她"教育"
了两次。

　　孩子成长的过程是那么让人欣喜。没有人提醒,晚上睡
觉前她会把拖鞋放在空调的风口下面吹,让它更加干爽;她
会把自己的小衣服小裤子叠得整整齐齐放在枕头边上;她会
开心地听完我讲的故事,把书本平整地放在她自己的枕头底
下,安心地睡着;在家拍皮球超过了十五个,一定要我发短信

告诉她的老师……

　　孩子的微笑，在我心里甜美地弥漫。

宝宝不"刁嘴"了

"宝宝不'刁嘴'了！宝宝不'刁嘴'了！"她欢快得像只小鸟，试图在一个清晨告诉所有的人，她克服了自己的"大问题"！

"刁嘴"是苏州的方言，不是挑食的意思，而是指小孩子说话奶声奶气，口齿不清。

宝宝算是能说会道的了，一丁点儿大的时候就又是唱歌又是朗诵的，摇头晃脑还伴着自己编的动作，很像那么回事情，可她有两个音就是发不准，一个是"K"，一个是"G"，"小狗"说成"小抖"，"裤子"说成"兔子"，"咳嗽"说成"特嗽"……

曾经多少遍试图纠正她的读音，可她怎么也找不到发音的那个位置，看着她嬉皮笑脸的样子，也挺无奈的。孩子的发音有个过程，大人是急不来的，我也不再强求，偶尔让她故意给大家读读这几个单词，大家总笑得前仰后合，她也羞答答地躲到我的身后，说"长大了就不'刁'了"。

晚上是我们交流最多的时候，几首儿歌念完了，我提议一起改掉"刁嘴"的毛病，于是把洗干净的食指弯起来，压在她的舌尖上,不让她的舌间碰到上腭,让宝宝用舌根发"哥哥"的音,几次下来,宝宝能自己用手压住舌尖找"哥哥"的感觉了,五分钟不到,就能拿掉手指,自己发出"哥哥"的音了,然后"逛街"啦,"鸽子"啦,"打鼓"啦,都能很标准地发出声来……

宝宝兴奋得就快跳起来了,她终于可以既标准又声情并茂地朗诵她那些绕口令、诗歌、散文故事……她要下楼立即告诉爷爷奶奶这个喜讯,被我拦住了:"今天晚上我们再好好练练,明天早晨如果没有忘记,才说明你真的会了,到时再告诉爷爷奶奶。"这晚,她到了十一点半过后才入睡,那兴奋劲儿就甭提了。

说来也奇怪,我的心里竟然有一点点失落,听着她一口标准的普通话,感觉她最最可爱的奶粉味儿的时代快过去了,接下来开始的是伴随着学习、努力、压力的成长时代了。一切原本是要我为她做的事情,慢慢要由她自己做了;一切原本不需要她考虑的事情,要慢慢多想一想了;一切原本在生活中一丝不存在的烦恼,开始慢慢滋生了……

孩子大了,妈妈更有责任和压力了;孩子成熟了,妈妈就该老了……

爱心教育

这几天铺天盖地是杭彬女士的报道,一个苏州的小女子,因为把造血干细胞捐献给了台湾十六岁的小妹妹,续写了一段用血缘牵起的两岸真情故事。

故事因为由人与人之间的爱心传递上升到了两岸血浓于水的政治因素而格外被关注,媒体两岸三地现场直播,每天每时连续报道,杭彬日记连篇累牍,家人朋友真情采访……而杭彬家乡的相城区又是火把传递,又是文艺晚会,又是座谈会,又是欢迎会……反正打开电视报纸,看到的都是杭彬那张灿烂而又阳光的笑脸。

借这个阵势,我想给五岁的女儿做个爱心教育,以激发她幼小的心灵拥有博大的爱心。晚上,边看电视边对女儿说:"你看这个阿姨,只要献出一点点血,只是在手上打一针,就可以救另一个小姐姐的生命。"为了听起来更生动一些,我动情地说:"小姐姐如果没有阿姨的血救她,她就会死的,就再也见不到她的爸爸妈妈了,她的爸爸妈妈就再也抱不到亲不到她了……"(好感动啊!)我接着问她:"要是让你捐献一点点血,就可以救一个小姐姐,你愿意吗?"女儿扬起小脸,很难为情地,支支吾吾了半天说:"我不想,太痛了。"我心里有点失望,哎,爱心教育失败啊! 没想到女儿突然笑眯眯地问我:"你阿愿意的?"我立即大声说:"我当然愿意啊!"然后她纠结的表情一下子放松了开来,松了一口气似的说:"那妈妈你去吧!"我晕!

本来应该失望孩子的"不善良",可后来想想,还是孩子更率真、更诚实、更善良。她可以明确地表态"我怕疼,我不愿意",而我却为了教育她,装得很勇敢地说"当然愿意"。其实自从1998年第一次献血后,我又是感冒又是得了痛死人的带状疱疹,尽管不一定与献血有必然联系,但我一直怀疑自己今后还敢不敢再去献血,更不用说捐骨髓。

当女儿听说妈妈愿意为一个即将面临生命危险的小姑娘付出,而过程只是给妈妈轻轻打一针的时候,她释然地笑了,好像放心了似的,小姐姐有救了,那个表情看起来是那样的美丽,那样的真实。

爱心很美好,真实和真诚更弥足珍贵。其实,我们真的没必要、也不一定通过某一件事情去证明孩子是不是有爱心,在成长的过程中,伴随着家庭的温暖和社会的多姿多彩,让孩子用最真实的内心去培养一种理智的爱,这更重要。

烈士陵园扫墓记

清明节,一个带着伤感的节日,因为全国统一调整为法定节假日,就更显其意义的深远。在这样的日子里,先人是不能遗忘的;在这样的日子里,可以把所有的哀思和想念拿出来晾晒,感恩、忠孝,中华民族的传统美德在这个节日里体现。

女儿就读的幼儿园曾经是我的母校,记得小时候,每到清明节前,老师都会带领我们扎小白花,每个小朋友戴上一朵,手牵着手到烈士陵园扫墓。这是幼儿园的"传统节目",直到今天,依然很好地保持着。所以我一直对朋友们说,这个幼儿园教学质量最好我不敢说,但爱国主义教育、传统文化教育绝对是很出色的,他们的升旗仪式,还有老师或孩子在国旗下讲话,像模像样,他们的传统文化趣味教育也很有特色。女儿在这样的幼儿园受教育,我很放心。

可是前天,我收到老师的一条短信:"请教会你们的孩子说以下的话:我们全体小朋友向你们宣誓:一定听党的话,爱祖国、爱人民、爱科学、爱劳动、守纪律、懂礼貌、诚实勇敢,做一个雷锋式的好孩子,做共产主义事业的接班人。革命先烈们安息吧! 革命先烈永垂不朽!"看着这条短信,我第一反应是笑了出来,五岁大的孩子,知道"党"是什么? 知道"雷锋式"是什么? 知道共产主义是什么? 知道永垂不朽是什么?……看过了,一笑了之,也就没有和女儿强调什么,更没有教会她。第二天女儿扫墓回来,我和她闲聊,几句很经典的话让我听得哭笑不得。

我问女儿 :"今天老师带领你们宣誓的吧,你有没有念出来啊?"女儿说 :"我没有,我汗毛都竖起来了,肉麻得了! 永垂不朽、永垂不朽、永垂不朽……"

奶奶问宝宝 :"什么叫烈士陵园啊?"女儿说 :"就是一般人死了不能放的地方……"奶奶晕,问 :"谁教你的呀?"女儿说 :"老师。"

我问女儿 :"今天一路上坐车开心吗?"女儿说 :"老师说要怀着沉重的心情,可是我心里开心得不得了,然后我就脸上不笑心里笑……"

……

我确实是有些感慨的,一次很不错的爱国主义教育,怎么会是这个结果呢? 如果孩子的誓词"人性化"一些,"与时俱进"一些,符合孩子的年龄特点一些,也许对于孩子来说是一次难以磨灭的教育;如果在扫墓前对孩子的"功课"做得更细致些、生动些,讲讲革命先烈的生动小故事,说说清明节的背景,也许孩子就不会把长辈惊到;如果教育的细节再讲究一些,也许孩子就不会练就一身"口是心非"的"本领"……

细节决定质量,思想道德教育也一样。

孩子的诗

我家的这个小家伙不算伶牙俐齿,不会炫耀、不会吵架、不会争辩,有矛盾就走开,从不正面和别人冲突,情愿躲在我后面哭,也不愿意据理力争,甚至让我担心她的"软弱"会不会让她吃亏。但反过来想想,吃亏是福,你不惹别人,别人惹你的概率就会低得多。事实也是这样,她说幼儿园从没有人欺负她,也许和她傻乎乎、大大咧咧的脾气有关吧。

我一直觉得,女孩子,善于表达自己的情感是很重要的一种能力,虽然小涵不算是语言表达能力超凡,但她对情感的细腻表达却让我感到非常的欣慰。

洗澡的时候,玻璃上浮了一层薄薄的雾气,我顺手在上面画了个娃娃,她兴奋地睁大眼睛呼喊:"妈妈,我太佩服你了,你怎么那么厉害!"装饰圣诞树的时候,她会喃喃地说:"等明年老爸回来了,我们就可以一起装饰圣诞树了,那就更开心了……"给她画了一个泰迪熊,她会凑着我的耳朵轻轻地说:"妈妈,你是世界上最能干的妈妈,你的画怎么可以画得那么好,比印的还好……"(天晓得我的绘画水平)躺在床上,她会把脸塞进我的怀里,鼻子蹭啊蹭地说：“妈妈身上真是香啊,有一种最最好闻的妈妈香……” 呵呵,她创造出了一个词语“妈妈香”,听起来特别温暖、特别爱意融融的一个词。

　　小涵快六岁了,我记录她的一些随口的“诗作”,那时她还不认识字,自己的名字也不会写,但奇迹般地总能冒出一些句子,连在一起,便成了“诗”,挑选整理了几篇,以作纪念。

下雨的春

下雨的春
雨后天气就暖和了
彩虹就出来了
小天使围着彩虹飞啊飞
一朵花一朵花开了
上面长出绿芽芽了
飞来了小蝴蝶
小蜜蜂也赶来采蜜了
小姑娘们都穿上了漂亮的花裙子
春天来了……

夏天

夏天真漂亮

小草碧绿碧绿的
叶子亮亮的
小朋友穿了裙子去看花

夏天真开心
彩虹出来了
红红绿绿的
小朋友们都去游泳还玩沙

天黑了
小朋友们睡觉的时候
都盖薄的被子
睡觉的时候开空调
外面热里面凉快
很舒服

夏天那么热
在树林里吹吹风
小朋友唱着歌跳着舞
表演的节目真精彩
小朋友晒得脸上红扑扑的

夏天这么漂亮

夏天这么美丽
我们都叫它美丽世界

秋天

秋天到了
叶子从绿色变成黄色了
树叶慢慢掉下来了
小朋友都穿了长袖的衣服
但大人们还穿了短袖的衣服
因为不怕冷

秋天到了
我们都去幼儿园了
唱歌跳舞都很开心
不知什么时候
有鸡头米吃了
甜甜的,真好吃

秋天到了
雨丝轻轻的
叶子黄黄的
果子甜甜的

世界满满的都是漂亮的

铃铛轻轻地响
轻轻地,马上就要到冬天了……

冬天

冬天到
放学了
小朋友们穿棉袄
雪儿下在手上、下在地上
不见啦

冬天到
小朋友们放鞭炮
大人们送来红包
小朋友们拿着红包蹦蹦跳

冬天到
过圣诞
我种了一棵圣诞树
树上挂了许多小铃铛

还挂了许多雪娃娃
系了红彤彤的蝴蝶结

冬天到
我在暖和的被窝里
做了一个梦
梦见白雪公主和我一起在雪地里跳舞
还梦见圣诞老人给我送来了一大盒子的
彩色礼物

冬天到
冬天很冷
但心里觉得很温暖

我有一个好妈妈

我有一个好妈妈
我在妈妈肚子里的时候还很小
生出来以后她就抱啊抱
还给我吃奶
我长啊长啊长得越来越大

去年的时候我比现在还小一点

妈妈能抱得动我但只能抱一分钟
其他人扎的辫子都没有妈妈扎得好
妈妈总是亲我的小嘴巴
我觉得嫩嫩的很舒服

妈妈个子很高腿很长
皮肤很白头发也很长
我也不知道她为什么戴眼镜
我妈妈本来就很漂亮
戴眼镜还是很漂亮

我最喜欢帮妈妈拿衣服
因为妈妈的衣服都很好看
我总是穿在自己身上试一试
在镜子面前照来照去
妈妈也不骂我

如果没有妈妈就没有我
妈妈是最好的
我永远喜欢你
我的好妈妈

妈妈，我肚子疼

六一儿童节刚过，女儿在这一天，光荣地成为了少先队员，并且主持了全年级的入队仪式，那份兴奋和荣耀让她越发地自信，孩子在慢慢成长，她的健康快乐是我特别大的幸福。

但孩子成长的过程中，总会遇到这样那样的问题，小涵也不例外。

那年，小涵就快读小学一年级了，她好期盼能背上书包成为一个神气的小学生呀，为了证明自己已经长大了，她开始自己洗澡，自己叠衣服，自己整理书桌，还帮着我做一些简单的家务，她也同时知道，到了该和妈妈分床睡的时候了，那美丽的公主床正等着小公主睡呢。这也许是她当下最需要下决心的一件事情了。为了能让她分房睡觉，我带着她挑选了可爱的小海豹毛绒玩具一家，海豹妈妈带着两个海豹宝宝"猪猪"和"蜜蜜"一起陪着她入睡，她喜欢得不得了，每天都抱着她们，并且很轻松地下定了决心："我有海豹宝宝陪着睡觉，一点问题也没有！"

过渡很顺利，一个人睡的计划完成得非常好。可是，几个星期过后,发生了一件奇怪的事情。每天晚上,小涵一上床,便开始辗转反侧,特别痛苦地对我说:"妈妈,我肚子疼……""妈妈,你帮我揉揉……""妈妈,我没有骗你,我真的很疼……""妈妈,你不会嫌我烦吧,我肚子真的疼……"小涵是个特别单纯的孩子,从来不对我撒谎,这样每天每天地疼,让我非常操心,会是什么问题呢?她是有蛔虫,还是胃病,还是得了什么怪毛病?……

但是,她白天就像是个小精灵一样,能吃、不挑食、胃口好、精神好、脸色好,没有一点点问题。我在网上搜遍了"夜间小儿肚痛"的症状都和小涵对不上号,而且,孩子肚子疼又特别难查,尤其是在不知道原因的情况下,我也就一直拖着没有去医院。一段时间下来,小涵每天白天活蹦乱跳,一到床上就开始叫肚子疼,我突然意识到,会不会是焦虑引起的心因性肚痛?不管怎么样,我得想办法尝试改变这种状态。

我认认真真地作好了计划,立马就开始了我的行动。第一天,我对小涵说:"妈妈今天找到了一位全市最好的看肚子疼的医生,他研制了一种特效营养药,小朋友一吃啊,就不疼了!"小涵眼睛睁得老大:"真的?那妈妈你快去买他的药吧!"我说:"这个药啊特别贵,而且要特别制作很多天,你得等等,我还要去和医生说说,让他快点做出来。"小涵特别期待的表情让我觉得好笑,从此,她开始每天每天地期待着"神药"的出现,期待那"神药"治好她的肚子疼。让她足足期待了一周,我买回了一瓶成人的安利维生素C片(小儿维生素片太可爱），并且把它放在一个特殊的小罐子里面。当天晚上，我拿出了一颗，很慎重地告诉她："医生关照，这个药只能吃四分之一片，并且要睡前才能吃，效果出奇地好，不信你试试？"那1/4片吞下去后五分钟，"神奇"的事情发生了，小涵轻轻地对我说："妈妈，我肚子真的不疼了！"没几分钟，她就美美地睡着了。维C片吃了半个月，我告诉小涵："医生说，这个药一般吃半个月就会好的，再也不用吃了。"从此，她就不再吃药，肚子也不再疼了。

我的"实验"获得了很大的成功。我想，孩子在第一次尝试与父母分离的时候，那种焦虑是无法用语言表达，同时又特别无助的，一方面她想成为一个勇敢的、各方面都很优秀的孩子，一方面她又很难排解与父母分离的焦虑，她的"超我"需要她表现出"长大了"的一面，可她的"本我"还是个巴不得不断奶的孩子，于是，她开始产生了肚子疼的症状，因为只要肚子疼，妈妈就会每天坐在她的床边陪着她，给她轻轻地揉肚子，这是她特别渴望的，于是，就开始每天每天地疼。当我把这种焦虑的注意力转化为验证药物的"神奇"力量的时候，她的注意力发生了变化，对妈妈的依赖逐渐转化为对药物的依赖，离开妈妈很难，但离开药物却很简单，就这样，小涵的肚子疼被我这个"医生"妈妈治好了。

吾家有女初长成

　　时间过得太快了,我们家那个嗷嗷待哺的小家伙出落成了一米三的小姑娘。幼儿园老师布置了个任务,要小涵和老师一起主持机关幼儿园的六一文艺演出暨毕业典礼,我突然觉得,原来"吾家小女初长成"了!

　　现在的孩子真是不得了,还没有上小学,动不动就认识千把字,动不动就是一大堆的考级证书,动不动就在各类比赛获大奖。反省一下我在女儿身上花的功夫,实在有些难为情,大字不认识几个,唯一的一张舞蹈三级证书还是在她爷爷的"威势"下才同意她去考的,没有参加过什么大型的比赛,童话剧演了个主角,也就得了个三等奖……

　　不过,她还是很努力的,钢琴学习的过程,顺利得让我这个当妈妈的特别欣慰。我基本不去关心她花多少时间弹琴,怎么弹琴,只是在空的时候纠正一下节奏和音准,每次还琴她都能捧回一大堆的五角星,老师最经典的一句话就是:"你这样轻松的妈妈没有见过!"还有一句就是:"教这样的孩子,可以满足我的成就感。"倒是真的,从第一堂课开始,我连谱子都没有帮她一起认过,半年,她已经弹完了三本书,并且进度一直保持着,热情一直保持着。我觉得,这比考级意义更大!

这次的六一儿童节,她要和幼儿园的老师一起主持毕业典礼,三大张密密麻麻的主持词,对大字不认识几个的她来说,显然是很艰难的一件事情。没想到的是,前天拿到的词儿,第二天晚上她已经可以像模像样地背出来了,而且声情并茂、落落大方,可是我这个当妈妈的,六一节因为要安排市领导的走访活动,不能参加她的毕业典礼和演出。她很遗憾地说:"妈妈,我有三个节目要演呢,你不来太可惜了!"我只能抱歉抱歉再抱歉:"妈妈让人录下来,然后天天晚上在家里看!"她的眼里泛起了光芒:"一言为定哦!"

小涵的语言发展一直是我很自豪的一件事,看看她三四岁随口流露出来的"诗",现在回味起来,还是充满了温暖。前几天,她躺在我的身边,突然说:"妈妈,你的味道好美丽!"我说:"什么叫味道美丽啊?"她忽闪着眼睛笑眯眯地说:"味道美丽就是味道在跳舞呀!"好一个"味道在跳舞",这是多么生动的一种描述呀,在孩子的感受里,妈妈身上那淡淡的香味,温暖柔和得就像跳起了舞,我立即记下了这个让我感动的比喻。昨天,小涵躺在我怀里问我:"妈妈,等我长大了,我嗲谁呀?"我说:"那时就是妈妈嗲你了,经常会给你打电话,让你回来看妈妈。"她若有所思地说:"不,还是我嗲妈妈,我永远都要嗲妈妈!"她接着抱紧我说:"妈妈是太阳,我是小草，没有太阳我就不能成长。""还有呢?"我问。"妈妈是手，我是小皮球，妈妈不拍我，我就不能开心地跳。""还有吗?""妈妈是相框，我是照片，没有相框，我就只能在抽屉里，不能挂在墙上给别人看"……我又立即记下了这段话，心里美滋滋的!

前一阶段，中央电视台要拍一个苏州文化宣传片，导演的创意是，通过一个小女孩的眼睛，去走近、了解苏州传统文化，把刺绣、缂丝、木刻年画、评弹、昆曲、古琴等文化瑰宝串连起来。于是，小涵走进了导演的视线，并通过了面试，开始了为期十天的辛苦拍摄。中央电视台的导演、灯光、摄像、化妆、舞美一班子十几个人围着她一个人转，着实过了一把明星瘾。一会儿补妆，一会儿被轨道上架着的摄像机跟拍，一会儿坐在摇杆里的摄像师从天而降，把镜头对准了她，一会儿被围观的群众指着说"小明星哇，漂亮得了!"……每天早晨五点前就要到片场，中午有时候就是盒饭，有时候要到两三点才能吃到饭，头发被剪短，还被涂了一层又一层的发胶，天一热，伴随着汗水，真是尝尽了苦头。奶奶都吃不消了，每次导演说"明天早上五点钟到"的时候，奶奶都会面露难色，于是，导演"开恩":"要不，你们晚半个小时吧。"小涵把奶奶拉到一旁"教育"一番:"你怎么可以这样，你知道我们要是晚半个小时，人家十几个人要等我们呢!"导演在旁边哈哈大笑:"小美女，我爱死你了!"我觉得，对于小涵来说，这是一次很大的锻炼，也是一段宝贵的经历，现在的她，自信而不张扬，快乐而不浮躁,这是我想要的一种状态。

吾家小女初长成,这是我的幸运,更是我的幸福!

女儿的成长，妈妈的幸福

开学半个多月了，小涵每天背了个粉红色的大书包走进学校大门，我就在校门外远远地望着她一蹦一跳地走进去，心里有一种特别的温暖感、幸福感。每天快快乐乐的她让我的生活充满了色彩，她的每一点成长，都是当妈的幸福，快乐着孩子的快乐，收获着孩子的成长。

今天的小涵，穿了一件紫色格子的棉质短袖，下面一条灰色的中裤，耳朵旁给她扎了两个齐肩的小辫儿，两个紫色的糖果花装饰在两个小辫子上，一晃一晃的，映着她红扑扑、粉嫩嫩的脸庞，很是可人。看着她背着书包渐行渐远的背影，我突然觉得，她真的长大了，我要做好充分的准备，陪伴她美好的成长过程。

成长，从睡觉开始。女孩子总是比较黏人，而小涵，尤为嗲，尤为黏。小学一年级了，她开始一个人睡觉了。她在床上放了一大堆的毛绒玩具，她称之为"海豹一家"，大海豹叫"抱抱"，两只小海豹叫"猪猪"和"蜜蜜"，这些都是她爱不释手的"好朋友"，她说："我要他们陪着我睡觉。"第二天一早，"抱抱"跌在地上,"蜜蜜"滚在了一边,只有"猪猪"在她枕头后面躺着。看着它们的惨象,小涵傻傻地笑着说:"嘻嘻,看来我一个人睡就行了。"就这样,分床计划进行得非常成功,每天晚上她已经很自觉地爬上自己的公主床,每天早上,打个哈欠告诉我:"睡得好舒服呀!"一件"大事情"妥善处理好了,我心里的一块石头也落了地。

说起小涵的乖巧,朋友们都笑话我这个"懒妈妈"。每天晚上,她自己先洗澡,这时我把洗衣机里的洗衣液、柔软剂都倒好,待我洗澡的时候,她就会把脏衣篮一拎,拿去洗了,她甚至会把真丝的装进小袋子,内衣装进内衣球,然后按照我告诉她的设置,冷水、900转、超快洗、加漂洗……一个不差地调好,我洗好澡出来,洗衣机早就在工作了。她还会把阳台上的衣服全部收下来,分门别类地叠好,放在我们各自的抽屉里,我那个轻松啊,一个"钟点工"就这样培养出来了。

每天早上也是秩序井然。她一般每天都比我早起,不需要闹钟,准时准点,她就开始摸索着起来了,穿衣刷牙洗脸,待全部搞定后,我给她梳一个漂亮的辫子,就又不用我操心了,下楼吃早饭,然后步行去学校。

在学校,她俨然已经成为了老师的小帮手,每天分餐具、看午休、查作业……忙得不亦乐乎,她还总结了许多心得:"不能对同学凶的,他写得不好,我就对他说,擦掉重写吧,否则老师要让你写好多遍的。""同学说我烦,呵呵,我就笑眯眯地说,你改正了我一定就不烦你了。""不要动不动就告诉老师,老师会很烦的,又没有什么大不了的事情啦……"一张整天笑嘻嘻的脸,一副乐呵呵的好脾气,相信同学们也不会欺负她。看着她每天快快乐乐地从学校放学回家,那张写满笑意的脸,就知道,她爱学校,也爱学习。

小涵的起步刚开始,那个蹒跚的娃娃变成了可以认字算数的小学生,接下来,妈妈的任务不是搀着她走,而是指给她每一步前进的方向,靠她自己走稳每一步属于自己的路。我们一起努力!

小涵当上副班长

下午在外面开会,收到她阿婆发来的短信,说:"小涵选上副班长了。"当妈的就是这样,心里马上就冒出个问题"为什么还有个'副'字?"转念,赶快提醒自己别犯"一般性错误",立即回了条短信给阿婆:"代我向她表示'隆重'祝贺!"

老师发短信说:"汪令涵小朋友好学上进,不娇气,她的良好表现来自于家长的科学教育,我很开心能教到这样的好孩子。"听到老师这样表扬自己的孩子,我是感到十分高兴的。小涵在开学短短一个月的时间就在班级脱颖而出,成为老师关注、同学喜欢的好孩子,这是一个很好的开始。她快乐地学习,充满着对学习的兴趣,这是作为家长最期望的事情。

小涵很满意"副班长"这个头衔,喜滋滋地告诉我说,她的任务是和班长一起服务好班级。然而,为什么我会对"副"字潜意识里不满意呢?成人的脑袋瓜里到底装着什么呢?

仔细想想,在成人的社会里,"副"永远是一个"过渡性目标"。当了副科长,想做科长;当了副处长,想做处长;当了副局长,想做局长……当上了个副手,也就有了强烈的"奋斗拼搏"的欲望,有了为之"全情投入"的目标。事实上,拿掉了"副"
是不是就说明工作能力更出色呢,社会认可度就更高呢,生
活状态就更幸福呢? 我想其实也未必吧。也许人生来就喜欢
竞争,把出人头地、独占鳌头、鹤立鸡群作为实现价值的一种
表现形式,想想进入了这样的怪圈,挺可悲的。成人的可悲
不能带给孩子,当家长对孩子说"明年你努力当正班长,把谁
谁谁挤掉!""为什么是副班长,为什么人家能当班长?""她
比你好什么呀? 老师为什么更喜欢她呀?"的时候,对于孩子
来说,也许是一种伤害,孩子所有的自豪感和愉悦感被家长
转化成了"你不如别人"、"你得去抢过来"、"老师更喜欢别人"
的意识……孩子是一张雪白的纸,如何在上面画画,来自于家
长的心态和教育。

　　晚上,我和小涵开玩笑时,突然叫她"小汪班长",她一本
正经地说 :"是副班长。"呵呵,还很讲政治、很有觉悟呀。满
心希望我们家的这个最小的"长",能够拥有良好的心态,快乐
幸福地成长。我信奉这句话"成长比成绩更重要,成人比成功
更重要",而注重了成长和成人的过程,其实成绩和成功也就
在眼前了。

坚持

昨天晚上,我郑重地给女儿递上了一张精美的"表扬卡",很认真地用文字告诉她,克服内心的软弱,坚定自己的信念,承受一切困苦,经历并收获,是件多么了不起的事情。坚持做好每一件事情,能让成长的每一步都走得坚实。

女儿从三年级开始在课外加了节英语课。试听的时候,女儿一下子就被吸引住了,我也被老师的讲课水平折服。但老师对开设这个班有个要求——需要家长旁听。我的理解是,这既是老师对自己课程的自信,也是对低龄孩子的一种纪律约束,更是让家长辅导起来更加有的放矢。

女儿是个学习还算认真的孩子,平时上课纪律好,注意力也集中,我工作又比较忙,久而久之,我就成为了班上唯一一个不去旁听的家长。每次上课,就女儿一个孩子是没有家长陪伴的,六点送,八点接,坚持了一年多的时间。

前不久,女儿怯怯地对我说:"妈妈,我不想去上英语课了。""为什么?"她的眼睛里含着眼泪对我说:"我在学校里成绩不错,还是学校的大队长,可是在这个班上,成绩总不是很好,我的压力好大。"我意识到,问题在我身上。对于这种类型的提优,我原本是抵触的,但听了老师的几节课,觉得确实值得上一上,以后不一定能遇得上这样的优秀老师。于是,去上课完全本着一种"学到一点是一点"的态度,课后既没有督促孩子背读,也没有及时释疑解难,还一直对女儿说:"在这个班上,你不要和别人比,和自己比,哪怕拿七十多分,也是额外学来的本领。别人有妈妈一起学,你是一个人学,没有可比性。"可是,女儿是个要强的孩子,总希望能和在学校里一样,成为这个群体中名列前茅的孩子。内心的压力由此产生。

"要不,再去老师那里加节课,把知识点巩固一下?或者,妈妈克服困难,每周陪你去上课?不过不能保证妈妈去听了课,你的成绩就会突飞猛进。"女儿选择了第一个方案。

平时集中课程两个小时,课间就休息十分钟;在老师家里,两个小时满满当当地做题、讲解、讲解、做题,对于一个十岁的姑娘来说,压力一点一点地增加。直到有一天,她满眼含着泪水,委屈地说:"妈妈,我不是一个不爱学习的孩子,我也不怕上英语提优课,可是,每个星期你还要给我加两小时的课,你至于嘛!姐姐每个周末都在羽毛球班打球锻炼身体,我却要在老师家做那么多那么多的题目,我真的不想去!"

看着孩子涨得通红的委屈的小脸,我心里也很纠结,打心底里,我也不想让孩子对学习产生疲劳感,可是,刚带孩子春游,请了几天假,老师好心给补上课,感谢还来不及呢,怎能对自己没有要求呢。我对女儿说："妈妈完全理解你的感受,今天这次去是补请假落下的课,接下来不是每个星期都需要去上课的。但如果你今天实在不想去,妈妈马上就给老师打电话。"女儿看着我,停顿了一会儿,很坚定地说："妈妈,我还是去吧,你不要打电话了。"说完就去整理书包了。

两个小时的课程结束,一张阳光灿烂的脸迎着我,"妈妈,今天我做了五十道中译英,错了好几题,不过我都知道错的原因了;妈妈,老师说我语法熟单词不熟,呵呵,我背得实在太少了;妈妈……"

"其实两小时没有你想象得那么困难,是吧?其实是你心里的软弱把压力放大了,是吧?不过,今天妈妈真的要好好表扬你,是你的坚持坚定了妈妈的坚持,你的不放弃坚定了妈妈的不放弃,生活、学习中会遇到许许多多的压力,逃避、妥协总是最偷懒的办法,但当你努力克服了,跨越过去,它会伴随着喜悦、成功和成长。"

女儿拿着我送给她的精致的"表扬卡",仔细读着我写的"表扬词",脸上露出会心的微笑。我躲在一边,看着她小心翼翼地把卡片折好,放进信封,轻轻地放在了自己的"百宝箱"里,我想,此时,也许是我们母女俩在一起成长。妥协和坚持有时候就只是咬一咬牙的瞬间,当内心不停地催促自己妥协的时候,将坚持的信念放大,往前跨一步,胜利也许就在前方。

悟出了人生的大师们,总告诉我们要懂得放下,要学会妥协，但大师应该已经历了一百、一千次的坚定信念，在我们成长的过程中，坚持，一定是向上的动力。

5

且行且思

太湖边暴走

对于生在苏州、长在苏州的我来说,太湖是再熟悉不过的了。每次去,无非是吃吃船菜、坐坐游艇、摘摘果子,也都没有什么新意了。但这个周末的太湖之行,却让我回味无穷。

同去太湖的是一群"苏老师"们,这是一群充满阳光、充满爱心、充满快乐的人,虽然有的已经将近六十岁,白发已爬上了额头,有的是 80 后的小青年,一副稚气未脱的样子,但大家脸上的笑容是一样的灿烂,眉目间的气质是一样的高尚。不得不敬佩这些"苏老师"们,他们以义工的身份来到苏州市未成年人健康成长指导中心,用自己专业的技能、强烈的责任感、无限的爱心帮助每一个求助的孩子。完全是利用业余时间,有的老师甚至一周要花两三个晚上的时间在中心,有的老师遇到紧急事情甚至深夜赶到中心,有的专职心理咨询师甚至把自己工作室的案例带到中心继续由自己来做,为了给孩子的家庭省去高额的咨询费……这个团队是有精神的,这种精神凝聚在一起,使大家的心越走越近,越来越净!

这次"苏老师"太湖之行很别具一格,新就新在"行"上,

"苏老师"们一起在太湖边举行了个"暴走行动"。所谓暴走，就是长时间地步行。从太湖边的蒋墩村往里走，一直绕渔洋山盘山路行走，路程约两个小时。出发的时候是下午四点钟，太阳一点没有西落的兆头，依然顶在头上，火辣辣地照耀在每个人的皮肤上，我们有的撑伞、有的戴帽子、有的顶毛巾，一路欢声笑语、昂首挺胸地向前走着。路在脚下，风景在身旁，情谊在心间。

景色越走越美，太阳开始慢慢西落了，把太湖映照得格外透明，水波上星星点点地闪烁着，那是一望无际的闪烁，足以让人震撼的美。岸边的芦苇总会不多不少地遮挡湖面的一角，芦苇随风摇摆的时候，湖水也随波闪烁，眼前的风景是灵动着的。脚下的路越走越轻巧，穿着花花绿绿的"苏老师"们已经三三两两拉开长长的一条队伍，他们身后的影子也拉得长长的，影子和人，人和影子连在了一起，突然发现，这也是一幅至美的图景，就像"苏老师"们从事的工作，互相连接、互相包容，串联成一种无形的力量。身旁各种各样叫不出名字的野花热情地开放着，有的散发着迷人的香气，有的从容地大片大片地绽开，不担心你会驻足采摘，也不在乎你只瞥它一眼。一路行走，左边是渔洋山的青翠，右边是太湖的金亮，前面是山路的蜿蜒，后面是山间的风声呼呼作响，丰富得让人忘却了脚下的劳顿。

一路有美景相伴，有友情相随，两个小时不经意间就过去了，当我们走到终点的时候，竟然没有一个人半途而废，没有一

个人做"逃兵"（车子一直在队伍后面，随时可以上车休息），
这就是"苏老师"的精神和意志力。

　　对于不爱运动的我来说，以前若是让我多走十分钟路都
会一百个不愿意，很难想象自己竟兴致盎然地走完了这两小
时的路程。看来，和"苏老师"在一起，心灵是可以净化的。
于是，更加庆幸自己能从事这份纯净的工作，更加庆幸能认识
这批纯净的人，更加珍惜这美好的成长历程。

工作是什么

一天,一个朋友和我聊起了他的工作,因为新换了一个部门,和他的兴趣、性格、专业差距很远,很是郁闷,他说自己在工作中找不到乐趣了。

"工作的乐趣",这种状态境界很高。工作是种付出,付出的同时还能感受到其中的乐趣,这是一种何等幸福的状态啊!想想自己,我在工作中找到乐趣了吗?

顿时,自己的幸福感油然而生。是的,我的工作是快乐的!当为孩子们心理成长服务的"苏老师"志愿者们团聚在一起的时候,当为孩子们举办了一场别开生面的大型活动的时候,当全心投入的项目获得全国大奖的时候,当忙碌之余端一杯清茶和同事们一起探讨工作思路的时候,我真的觉得,这就是我想要的工作状态!

原先的很多同事如今都在重要岗位上,有当领导的,有做董事长、总经理的,也有一些在"一线岗位"干得如火如荼的,而我却开始和孩子们打起了交道,成了未成年人工作处的处长,而且一干就是八年。

刚接手这个工作,说实话,我真觉得这是一个"小儿科"的事情,甚至有些轻视它,以为管管孩子的思想道德,这在整个文化宣传、精神文明建设工作中实在算不得什么。而干着干着,我越发觉得这工作的分量,越发觉得要做的事情太多,越发对从事这个事业的人心生敬意,我真的爱上了这份工作。不求别人把你当"官"看,不求所谓的"实权",不求"路路通"的"社会网",只求安安静静地做点力所能及的事情,为孩子,为家长,为这个社会。八年的工作经历,赠予了我很多东西:平和的心态、成就的喜悦、宽松的氛围、纯净的心灵……

然而,面对友人的这个关于"工作的幸福感",关于"兴趣和职业"的问题,我的理解是,不要奢求有兴趣的职业,而要在职业中寻找工作的兴趣。

让兴趣成为职业,当然是一件很愉快的事,甚至是幸福的,但真正能那么幸运,兴趣即职业的,又有几个?即使兴趣成为了职业,那么它和纯粹的兴趣也就不一样了,兴趣还可以长久吗?

兴趣可以随时改变,而工作则是一种责任,不能说变就变;兴趣可以很广泛,而工作,我们通常只有一份,否则分身乏术;兴趣可以分大小,而工作却需要全面推进,不能避重就轻。兴趣可以很花钱,而工作的报酬保障了生活甚至保护了兴趣。兴趣和工作看起来还挺对立,又很和谐。

还有一种人享受工作,被俗称为"工作狂",唯有工作才能给他带去成就感和幸福感,于是,再多的繁忙都会转化为享受,这是一种常人很难理解的境界。在我看来,既然是享受,就一定是轻松的。但工作真的并非轻松,甚至是繁重的,而且,享受这个东西,你高兴的时候可以做,不高兴的时候,就可以不做。读书是享受,但不高兴了,三天不读书也没有什么大不了;听音乐是享受,但正好有一场重要的聚会,就自然得放下耳机……但工作可以吗?只有上升到责任和义务甚至是谋生的手段时,才能在无论爱好与不爱好、兴趣与无兴趣时都认真而出色地完成它。

所以,好好地对待我们的工作,尽管它有时并非是一种兴趣,而是一种责任和义务;它并非一定让你充满乐趣,但它带来的回报会给你物质的保障;它并非一定激发你成才,但它的过程会带给你一些成长。在工作中寻找一点乐趣、激发一点动力、培养一点能力,让我们对工作,除了责任,再多一点热爱。

干一行爱一行

人生有时候很奇怪,会重复、会翻版、会有意想不到的巧合。就像是所谓流行一样,每个时期都有每个时期的流行,80年代流行的童花头,成了当下时尚的波波头;前几年感觉土得掉渣的圆头皮鞋,现在成为可爱舒适的休闲潮流;而最近流行的烟熏妆,指不定若干年后被人质疑怎么都像是抽大烟的。

有些东西,过去了就过去了,淘汰了就不再回来了;有的东西,却有强烈的生命力,哪怕消逝,也会再生。我最近开始着手干的这件有意义的事情,我确信,一定是具有强大生命力的,不管在什么时代都会重复、进步并发展的。

1997年大学一毕业就到了团市委工作,从学少干到宣传,再干到青联,整整八年抗战。这八年里,我参与少先队工作,负责新闻宣传,编写《苏州青年》报,协调当时所有青年社团的工作……最让我心灵得到涤荡的则是青年志愿者工作。在那个平台上,我结识了一大批颇有才干和具有奉献精神的青年人。他们朝气、善良、充满活力,他们快乐、付出、充满激情。

甚至很多现在和我还是很好的朋友。

辗转了八年，我在新的工作岗位上又与这个"老本行"相逢了。全市的志愿者工作被安排到了我的处室。因为干过，所以知道它的不容易。一项涉及到几十万人的工作，从招募、培训、管理到奖惩，从制度、场地、经费到宣传，从与部委办局的工作协调到大型活动的开展，从各类重大赛事、会议的服务到支医支教的落实，每件每样，都需要花费大量的心血。老戏新唱，要唱就要唱出新的韵味和特点。

在着手干这份工作之前，心里还是有些忐忑的，如何干出成效，形成品牌效应、规模效应，有太多的路要走，但有一点是非常明确的——志愿者工作要由原来的以青年为主向全体社会成员共同参与转变，由以阶段性为主向经常性活动转变，由松散型活动向规范化服务转变，由组织发动为主向自发形成、自主管理转变，而志愿者总会要在活动机制、工作内容、队伍建设、资源协调等诸多方面给予全方位的支持。

正在规划中的苏州志愿者之家，坐落在闹市区里弄里的一座小洋楼里，这里是志愿者工作成绩展示的窗口，有志愿者队伍商议工作的会议室，有给专业志愿者培训的多媒体教室，有贴满各类志愿者活动的照片展示墙，有飘着咖啡和碧螺春醇香的"志愿者活动吧"……那阳台延伸处的典雅凉亭，将成为志愿者心中宁静的归宿，可以遮风、可以挡雨，还可以看身边绿意盎然、充满生机的风景！

都说工作要干一行、爱一行,我想有这样的状态,为此努力着!

我是国家二级心理咨询师

当得知自己通过国家心理咨询师考试的消息,很是开心,总算忙活了那么长时间,有了满意的答卷,从此,我是一名国家二级心理咨询师了。其实,这张证书对于我来说,并没有什么重要意义,一来不需要靠这个职业糊口,二来不会专业从事这个工作,学习也罢,考试也罢,完全都是出于对"苏老师"们的崇敬和对他们工作的认可和推动,作为这个机构的主管部门人员,我也想成为他们中的一分子,为孩子们的健康成长出一分力!

苏州有群一百多人的"苏老师",他们来自各行各业,从事着不同的工作,但他们有个共同点,都是国家二级心理咨询师。这样一批富有爱心和专业知识的人走到了一起,利用业余时间,为孩子们提供免费心理辅导,热线电话、短信平台、QQ聊天、预约面询、公益讲座等,只要是为孩子们,他们义不容辞!在专业、规范、科学、公益的"苏州市未成年人健康成长指导中心"这个平台下,"苏老师"们在忘我地奉献着。

真的很有成就感,如今,"苏老师"的队伍已经如此壮大,

"苏老师"的管理已经如此规范,"苏老师"的知名度已经如此之高,"苏老师"的社会反响已经如此地好。于是,我也跃跃欲试了,加入这个队伍要比只是管理这个队伍要感性得多,也过瘾得多。

但真的不容易! 先是学习不容易。每个星期完全没有了双休,上课从早到晚,怎是"腰酸背痛"四个字可以描述的! 接着是考试不容易。好久没有这样读书、这样背材料了,为了考试,用功了多少个夜晚,考场走出来的时候像是蜕了一层皮,那个累啊。好不容易通过了书面考试,还有实操面试,而接下来更不容易。参与了几次中心的督导,当咨询师把棘手的案例讲述给专家请求指导的时候,我看到了咨询师的责任、艰辛、烦恼甚至焦虑,心累啊! 当一个孩子经过二十多次面询后仍然好转不大的时候,内心是痛苦的;当一个本来健康的孩子,因为一团糟的家庭关系,且作为咨询师无力改善调整的时候,内心是无奈的。听完每一个案例,我的心情都是沉重的,要做一个优秀的咨询师确实不容易啊,要在化解别人心灵垃圾的同时保持自己内心的洁净,在安慰别人内心痛楚的时候保证自己内心的平静……

回想这些日子,每个周末从不休息,从上午九点,一直坐着硬板凳,直到晚上八点,中午就随便吃点干粮,晚上自带些点心,一天天也就这么熬下来了。可怜的是宝宝,今年的春天,她没有看见满地的菜花有多么灿烂;今年的夏天,她的暑假没有安排外出旅行,周末只能拉着阿婆的手在院子里散散步;

今年的秋天,她不知道田野里的稻穗是怎样沉甸甸地压弯了腰……因为我的时间已经排满了,平时上班,周末上课,这就是生活规律,没有多余的时间陪她。

考试之前,我对宝宝说:"乖宝宝,你忍几天,等妈妈好好看书,考了第一名,就可以天天陪你玩了!"于是她把"第一名"当成是信念似的,夜深了,我准备躺下睡觉了,宝宝就会说:"妈妈,你看书吧,不然就考不了第一名了!"每天晚上她都乖乖地在被窝里陪着我看书,先是自言自语一番,或是和自己心爱的小熊说说话,说着说着就睡着了,她均匀的呼吸声特别好听,让我的心特别安定、特别踏实……在她微笑着进入梦乡后,我复习着一大叠一大叠的资料,心中志忑不安,别说"第一名"了,就算是通过,也悬啊!

磕磕碰碰总算又打胜了一次战役!虽然过程很辛苦,不过反过来想想,付出后终于得到收获的感觉确实很让人欣喜。有机会接触到心理学,并且深入地学习它,在工作、生活中很好地运用它,这让我受益匪浅。自助助人,用国家二级心理咨询师的水准好好让自己成长,调整好心态,稳步向前,我始终相信,付出总有收获,雨后总有阳光!

反思的收获

　　人,总是在不断经历并不断反思中成长。经常反思,反思自己的行为、思想、心态,总能让我有所收获。

一、淡定和从容

　　在很多人办公室的墙上,经常能看到"淡泊明志"一类的书法横幅,表明这个办公室主人的内心追求,宁静致远、无欲则刚。但事实上,当一个人不修炼到一定程度,还打不到某种境界时,是无法真正做到淡定从容的。道家说,淡定要从"无为"谈起。无为,可以有这样几种理解。少为,不轻举妄动;顺势而为,比如顺水行舟,借外力而为;顺情而为,或者说顺应内心而为;顺理而为,道家认为,万事万物包括人自身在内,都有一个"理",这个"理"是做事的最佳方式。顺着"理"去做,则无往而不利。比如,小孩被石头绊倒,可能会对石头恼恨,而大人则不会去恨石头,因为大人明理。明的理越多,则越能不为情所困。到了这个境界,自然"淡定从容"就不在话下了。所以要实现"淡定从容"不是一味地修身养性,更不是忍忍忍。凡事应当"想得通",自己骗自己可以让你一时想得通,而要永远想得通,就必须明理。你明白的理越多,就越能做到淡定从容。我要去做那个明理的"大人",明理,然后凡事想得通。一个女子,把自己修养成明理、淡定、从容、随和的样子,由内而外地透出一种温婉,这才是一种境界。

二、内心要强大

内心强大就像"建设和谐社会"一样,是过程,又是一个最终目标,是一个人内心为之奋斗的终极目标。内心强大了,便无所谓外界的阴晴冷暖,无所谓自己的福祸得失,无所谓别人歪曲的看法。因为内心自信、豁达、宽容、善良,给自己一个定位,坦然地面对一切。内心强大是要有底气的,一个研究国学的专家,不把学问做透,如何有底气;一个歌者,不在舞台上被掌声肯定,如何有底气;一个母亲,不把孩子带得健康、大方、得体,如何有底气……底气是一种缓缓渗透出的气场。但底气和内心的强大还不一样,内心的强大更高一个层次,就像有的富翁,过着纸醉金迷的生活,但他还时时怕别人瞧不起,说他没有文化,说他过去的龌龊经历。于是,这些所谓的成功人士,在众人面前百般炫耀自己的成就,展示自己的富有,他们的内心却是脆弱的。我家巷口有位修了十几年助力车的小老板,没有昧着良心撒碎玻璃、回收偷盗车,不跟别人人争生意,反而把摊子让出来,自己开个小杂货店,薄利多销,每天晚上喝喝小酒,日子照样过得气定神闲,倒是幸福得很。我看他的内心就十分强大,他的强大就在于给自己的定位,与世无争,只要不逾越自己定下的这条底线,做自己想做的事,过自己想过的日子,这才是真正的知足常乐。由此可见,当内心可以被自己把控的时候,它便强大了。

三、舞台中的一个角色

从小到大,读书、就业,一路走来似乎顺顺当当,哪怕碰到挫折,事后也让我觉得不痛不痒,转眼成为过眼烟云,自恃为"心理调节能力好",其实是没有真正碰到大风大浪。在同龄人中,自以为还是有一些长处的,甚至还想,给我一个舞台,我会创造精彩,因此一直力求去增强自信,强大底气,展示优势。似乎这些所谓的优势必定能将自己带到舞台中心。其实,人只是社会舞台上的一个角色,但扮演什么角色,有时不是个人决定的,而不管扮演什么角色,都应当尽力而为,力求尽善尽美。角色到底得到怎样的认可,自然会由人评说。人贵有自知之明,这种"明",既包括知己之短,也包括知己之长。我就是我,相信自己所为,坦然面对过程,时常反思反省,保持乐观心态。我要做的,就是继续扮演好自己的角色,走近内心,完善自我,这才是自己应该追求的。

四、不作低水平竞争

有时候会愤世嫉俗,有时候会意气冲动,有时候会自恃清高,有时候会——"不买账"。也许这都是因为年轻的缘故吧,年轻所以火气旺盛,年轻所以眼里容不得沙子。但不等于年轻就可以为所欲为,年轻就可以随着性子乱来。已故的朋友丰雷的两句话让我铭记在心——"不作低水平的竞争"、"做人要讲究层次"。如果因为"不买账"去参与一些没有实际意义的低水平竞争,其实是在贬低自己的价值;与其干了低层次的事情后不断自责和忏悔,还不如从此以后把控好自己的思想和行为,进一步加强自身修炼,提升自身素质。凡事要靠实力说话,这种实力不在于对外界怎么评论,而在于内心,在于自身。想通了这一点,便豁达了,于是我把这句话牢记了下来——"决不作低水平的竞争!"

乡下人城里人

小时候,到上海远房亲戚家做客,亲戚客套:"还是你们乡下好啊,路虽然窄些,高楼虽然少些,可住的房子大啊,哪比我们。"那时,上海人习惯把上海以外的地方,一律称为"乡下",苏州当然也不能幸免。苏州人也很清高,觉得自己是真正的城里人,说县城才是所谓的"乡下",县城人则不服气,他们称自己为"街上人",说真正的乡下人是乡村的农民……

就这样,"乡下人"与"城里人"的界定越来越模糊不清,最后演变成一种心理优势,似乎"城里人"比"街上人"、"街上人"比"乡下人"有那么点优越感。

没有认真研究过社会发展史,不知道城市与乡村从什么时候开始有明显的区别。只是现在看来,随着现代化、城市化、城乡一体化的快速推进,不管是地域划分、生活方式、工作领域、文化特点,城市与乡村的涵义发生了深刻的变化,很难明晰农村和城市的本质区别是什么,所谓的"城里人"和"乡下人"更多的成为一种思维定式,"心理优势"在今天的社会,已经逐渐淡化。

乡下人到了城里久了,晒不到大太阳了,皮肤变白变嫩了,口音改了,便成了城里人。但乡下人往往还会以自己是乡下人为荣。因为乡下人身上有一些品质和特点是与生俱来的。比如诚挚、善良、勤奋、厚道,说自己是乡下人,也就是告诉别人,自己是诚信的、可靠的。

乡下人有时会自嘲自己太老实,不见世面总被城里人骗,其实城里人在乡下照样被骗得分不清方向。乡下人也嘲笑城里人太愚笨,连韭菜和大蒜也分不清。其实现在乡下的孩子也不见得分得清萝卜和莴笋。

如今,乡下人高兴了就坐了车子到城里逛逛街,泡泡吧;城里人无聊了就开着车子到田埂边看夜色星辰,听虫鸣蛙叫;乡下人在城里办工厂搞企业,成了新城里人;城里人到农村买宅院种果蔬,成了现代农民;乡下人讲着带着乡音的城里话谈生意;城里人讲着学来的乡下话和老乡套近乎……

曾收到一个乡下人评说城里人的短消息:"俺们刚解决温饱,你们开始减肥了;俺们刚能歇会儿擦擦汗,你们开始健身桑拿流汗了;俺们刚能把青菜上的虫子灭了,你们爱吃虫子咬过的青菜了;俺们刚娶上媳妇,你们又要离婚了。"幽默一笑罢了。

其实,随着城乡差距的越来越小,城市也好,乡村也好,都在发展进步,城里人、乡下人已经融为一体、不分彼此了。

给一点自尊

快开学了,当普通孩子们在商场大肆购买学习用品的时候,家境贫寒的学子们正为开学的费用发愁。于是,爱心助学、结对捐赠等一系列活动便立即开展起来,社会充满了关爱与温暖。然而,许多爱心活动往往是这样的:会议室里,台上坐着组织方领导,台下前两排坐着满目忧郁的贫困孩子,台上领导热情讲话,台下孩子深情发言,然后一只只信封发到孩子们手里,孩子们深深地鞠躬,眼眶中含着泪水……

这样的场景看多了,心中不禁隐隐作痛,不但为孩子贫困的境遇难受,更为这个让人心酸的场面难受。的确,贫困家庭的孩子在社会的关爱下成长起来,他们怀着感恩的心认真学习,坚强生活。但往往他们的心灵是更为脆弱的,当一次次的捐款都要经历这样的场面,孩子们内心深处的各种情绪会蔓延,或自卑、或伤感、或厌烦、或痛苦、或麻木……设身处地地为这些孩子们的心理成长想想,这样的捐助方式合适吗?

近日参加了一次别具一格的爱心助学活动,让我很受感动。十名以高分考入著名高校的寒门学子遇到了经济上的困难,社会各界伸出了援助之手,一笔笔捐款汇总到组织方。一个爱心奖学金的发放仪式悄悄进行。孩子们是带着自豪而兴奋的心情来到活动现场的,因为他们来领取的是奖学金而不是救助款,一个小小的细节便让孩子们充满了自信。仪式现场没有台上台下,没有领导、老师,只有关心他们的"哥哥姐姐"、"叔叔阿姨"。大家宽松地围坐在一起谈奋斗、谈努力、谈坚强、谈忠孝、谈奉献,孩子们时而绽放笑脸,时而若有所思,一个个对未来充满信心。仪式结束,组织方又带孩子们外出游玩,在太湖里泼水、畅游。

同样是捐助,同样是爱心、奉献,但效果是完全不一样的。其实,贫困家庭的孩子更需要的是心理健康地成长,"弱势群体"这个称呼不应该让他们感到自卑,而是坚强和努力。乐观开朗、充满自信、笑对生活,这是社会应该给予他们的另一笔财富。当我们关注到这一点的时候,便可以在细节上稍稍地下一些功夫,让资助不再流于形式,让献爱心不再公式化,让这些在困难中前行的孩子们沐浴在充满物质和精神的阳光里。

路名的文化品位

苏州不愧为一座历史文化名城,就连街巷的命名都充满着文化味。如果走进苏州的街巷稍作考察,就会发现,这里的每一条小街小巷几乎都有一段悠久的历史,每一个路名几乎都有一个传说或典故。不少街巷名称从春秋吴王阖闾筑城始,在以后两千多年的悠悠岁月中历经沧桑变迁,一直沿用至今。难怪现代学人王謇不遗余力,奔波勘察,稽核旧志,著成了一部传世之作《宋平江城坊志》。

苏州的路名文化品位之高,在全国也是少有的。它们有的以手工业等百业命名,如"皮市街"在宋朝就是专门买卖皮货的,还有绣线巷、豆粉园、米行巷、药市街等等;有的街坊则以名人学者来命名,像大儒巷、干将路、乔司空巷、颜家巷等等,清代人钱棨在三级科举考试中均获第一名,称之为"连中三元",保存至今的苏州"三元坊"就是为表彰钱棨而立;还有一些街坊路巷以生动的传说命名,比如,位于乐桥堍的铁瓶巷,就因相传有位神仙枕铁瓶卧于此而得名;也有的为求吉利用谐音字代替的,像大家熟悉的三多巷,原叫"杉渎巷",为讨个"多福、多寿、多子"的口彩,逐渐演化而得名;另外,还有以诗句提名的,唐诗中"花开烂漫满桃坞,风烟酷似桃源里"便是"桃花坞大街"的出典……如此等等,不一而足,真可谓是纷繁复杂、多姿多彩。

路名是一种文化,苏州路名的文化特色是苏州之所以成为历史文化名城不可分割的组成部分,也是苏州人的一大骄傲。各个城市无不为道路的命名而煞费苦心。上海的路多以国内各城市的名称命名,虽然平淡,倒也独具特色;北方的一些城市,常常按照道路的框架。结构和走向,干脆以"经"、"纬"加以区分,问起路来比较方便,可实在是过于简单化,难说有多少文化品位;杭州是著名的风景旅游城市,但它的路名却显得杂乱无章,看不出地方特色,真不能不说是一大缺憾。

苏州的路名反映了苏州深厚的文化底蕴,继承和发扬苏州的传统地方文化是苏州人义不容辞的责任。列数如今的一些新路名,什么"东兴路"、"宏图路"、"宏伟路"、"杨华路",联想到其他一些道路命名,如"宝成路"、"陈兴路"、"滨河路"、"曙光路"等等,看罢不禁有些遗憾。苏州在发展,苏州要现代化,落后于时代的东西固然要淘汰,但包括街坊路巷的命名在内的地方特色文化毫无疑问是应当发扬光大的。

苏州自古以来人杰地灵,人文荟萃,有识之士众多,我们不妨试着搞一个路名"招标",集众志,择佳名,让苏州新生路名的文化品位高些、更高些。

另一种"苏州印象"

前不久苏州市广告协会等单位举办了一次以"苏州印象"为主题的海报征稿活动,来自各地的艺术家们以平面设计的语言聚集苏州,评点苏州,展览吸引了大批苏州观众。

细细地欣赏这三百余幅题材广泛的作品,在视觉享受的同时,忽然发现,在这些艺术家的心目中,对苏州的印象竟是这样的一致:美景如画的湖光山色,土地肥沃的鱼米之乡,诗味盎然的小桥流水,雅致清新的园林胜景,风韵独特的江南古镇,庄严神秘的古塔寺院,清新委婉的吴侬软语,精致细巧的美食文化,巧夺天工的工艺刺绣,妙趣横生的曲艺评弹——的确,悠久的历史文化、丰富的人文景观和秀美的山水田园风光,这是两千五百年的古城苏州留给我们最宝贵的历史遗产,也是苏州之所以在全世界享有盛誉的原因所在。独具慧眼的艺术家们一下子抓住了苏州的历史文化特色,把它表现得美轮美奂。

但是,身为体验着苏州的飞速发展的苏州人,我更多体会到的却是她更富魅力、为人瞩目的另一面。"一体两翼、古城居中"的城市格局,快速增长的经济和蓬勃发展的社会事业;国家级开发区全国领跑,五百强企业纷纷落户;百姓生活富足,社会平安和谐……这一切无不让苏州人骄傲。如今的苏州,展现在世人面前的是实实在在的经济发达城市形象。

在《苏州印象》展览中我注意到了这样几幅作品,很让人兴奋:坐井观天的青蛙跳出了井底,抬头仰望广阔的天空,似乎在告诉大家,苏州人正踩着井边古老的青砖,从"小地方"走出来,走向全国,走向世界;打开古朴精致的花窗,透出的是鲜亮的"苏州热线"网址,苏州就是这样,她是一个优秀传统文化和现代文明高度融合的城市;一双柔嫩的绣娘之手,绣出的却是代表着信息时代的网络世界,苏州正利用着自己独有的特色营造一种与国际全面接轨的氛围——我想,这就是另一种"苏州印象"。

苏州的园林不胜枚举,不管是临湖的、沿街的还是小巷深处的,大多有其相似的缘故:要么是高官富贾为叶落归根修建的宅院,要么就是士大夫为颐养天年营造的乐园,他们所看重的是这"生活的地方"。然而近几年,外地的一些大学生、硕士生、博士生,甚至留学生都迫不及待地赶来苏州与园区、新区的企业签约,他们看重的是苏州的创业环境和前景。苏州是创业者、奋斗者的乐土。

苏州古老的历史文化遗产让世人陶醉,但这毕竟是先人留下的;苏州全新的城乡面貌值得我们骄傲,因为她是今人创造的。我想为苏州的过去叫好,更要为苏州的今天喝彩。

让"文化苏州"更鲜活

曾经有外地朋友在苏州小住了一段时间,问我,苏州真有那么好吗? 他说,苏州很文化,古城、水乡、园林、昆曲,可谓美不胜收,但苏州又很不文化,人说苏州人对传统文化情有独钟,可多数人并不懂得昆曲,不喜爱评弹;精品话剧、舞剧、交响乐在苏州似乎没有多少市场;群众参与社会文化的热情好像也不够热烈……那么,苏州的现代文化究竟在哪里?

其实这位朋友的话说得不无道理。在上海外滩闲庭散步,霓虹灯下会感受到浓浓的海派文化;在新天地酒吧,世界各地的文化融会一体,时而"小资",时而奔放,时而古典;在大剧院观看演出,让人享受到高雅艺术带来的无限愉悦……而苏州的感受是什么呢? 两千五百多年的历史长河,形成了独特的江南水乡文化风貌,物质的、非物质的、艺术的,园林文化、曲艺文化、诗书文化、饮食文化、民俗文化……深厚的文化底蕴和浓重的文化氛围把苏州人包裹在文化的空气里。但细细想来,苏州文化却多是先人留下的,黛瓦粉墙的美有一点凄凉,小桥流水的意境有一些寂寥,昆曲的唱腔有些许幽怨,小巧园林的景致更多的是古迹,就连漫步在苏州的小巷,也能带给人一种怀旧的思绪。苏州可以让世人瞩目的依然是这些。

苏州的文化渊源确实造就了苏州的文化特点,也造就了苏州人的性情。苏州人性情温和,吵架听起来也那么柔软;苏州人安于现状,出城打拼的人少之又少;苏州人兼容性不强,听到外地口音便心存芥蒂;苏州人不喜欢张扬,殷殷实实地过着自己的小日子……

我们体会到的苏州文化大多是内敛的,夜晚的苏州宁静安详,十点过后大多的商店就关门大吉;泡杯茶喝杯咖啡就能细说心事,不需要太多酒精的刺激;雕刻、美食、绘画,讲究的就是一种精细;评弹、昆曲、丝竹,追求的是一种委婉。但毕竟现在已经是 21 世纪,我们需要传统也需要现代,走在青石板的临水小巷,踏进深深的古宅,挑一个临着花窗的位子,品一口明前的碧螺春,听一段悠扬的弹词,挥笔写一手娟秀的小楷……这种精致得近乎雕刻的苏州印象,过于雅致和细腻了。

十分可喜的是,今天的苏州已经形成了三大板块,园区、新区两个新城能使人强烈感受到苏州的现代气息,“文化苏州”变得更鲜活,更时尚。国际一流的规划档次,别具风格的视觉效果,绿地、公园、健身馆、游泳馆、邻里中心,以及在建的“文化水廊”。这里有来自世界各地、五湖四海的特色餐饮,有多姿多彩的社区文化活动,有一批国际知名企业汇聚,有越来越多的年轻人生活工作。这给现代苏州注入了更多的时尚元素,创造了更多元化的文化品质,苏州真正成为了一个古老与现代、传统与时尚完美结合的城市。

吴文化与现代化、国际化相交融,苏州正处于中外文化和古今文化的交叉融会点上。文化的交流和融合是社会前进的重要动力。完美既需要充满底蕴的"文化苏州",也需要更加鲜活的"文化苏州",我们大有文章可做!

在灾难面前

地震、灾难、破灭……一个个触目惊心的场面、一篇篇让人恸哭的报道,像一根根钢针插入中国民众的心里。所谓灭顶之灾就是这样的吧,在一瞬间,房屋坍塌,瓦砾灭顶,生命在这一瞬间凝固……

生还者的故事是大家最爱听的,当一个又一个的故事由媒体讲述出来的时候,大家在流下感动的泪水的同时,更多的是敬佩和感激!每天都是在沉闷中度过的,白天的报纸、晚上的电视,地震新闻是这些天最关心的事情,每每读到婴儿含着母亲的乳头,在母亲用生命搭起的保护伞下活下来的时候;读到夫妻头顶头,肩搭肩,形成一个拱型,牺牲了自己,保住了三岁女儿的生命的时候;读到老师用身体护住讲台下的四个孩子,直到被发现,他还用双手死死地抓住讲台没有松开的时候;读到战士跪在废墟上大声哭喊,我还能再救一个,就让我再救一个的时候……我的泪水总是止不住地喷泻而出。一个个生命在离去的时候,带给全世界素不相识的人如此多的感动和震撼,这份感动和震撼的代价也实在太大了!

是的,这个离去的人群太庞大了,这个代价太惨重了。

然而,灾难已经发生,泪水总要擦去,换个角度思考,地震还是让活着的中国人有收获的。

我们收获了人性的真善美。全国各地的捐款像雪片一样飞来,献血者排起了长队,要求领养孤儿的,甚至坐上飞机直接冲赴灾难现场搬石头的,每一个人的爱心在这一刻得到了升华。

我们收获了大中国的凝聚力。藏独分子的搅局也好,反华势力的骚扰也好,中国人的心在这一刻是紧紧凝聚在一起的,我们万众一心,就是为了使灾民早日脱离危险,使灾区早日重建家园,一剂强心针,使全体中国人的心朝着一个方向收紧、收紧、再收紧。

我们收获了赤诚的爱国心。马路上的汽车都贴上了印着国旗的爱心贴,庄严的升旗仪式因为降半旗而更显沉重,这个灾难是全体中国人的灾难,面对这个突如其来的灾难,强大起来的中国人立即行动起来,用最快的速度、最新的技术、最好的设备、最强的人员、最大力量的物资提供,为灾区送去了重生的希望,我们的祖国强大了,我们爱自己的国家!

我们还收获了无边界的国际友情。穿着五颜六色救援服的各国救援队像兄弟姐妹一样活跃在救灾现场,国际救援物资通过飞机从天而降,国际捐款不计其数。中国有难,八方支援,一个和平的世界,一个大爱的世界展现在我们面前。

我们更收获了领导人的光辉形象,收获了对人民子弟兵的无限敬意。原先天一样高的国家领导,没日没夜地在灾区指挥工作,用沙哑的嗓音歇斯底里地布置硬任务。人民子弟兵的付出更是让人倍感崇敬,都是 80 后、90 后的一代青年,是被大家所说的"蜜罐里泡大的一代",而在灾难面前,他们可以为了废墟下的那一口呼吸,几天几夜不睡觉;可以顶着飞石,背着一百多斤的物资步行几十小时挺进震中心;可以放下自己亲人的安危,坚守着自己的工作职责,含泪埋头拼命干……

故事说也说不完,每天不断地让人感动、感动、再感动,我们如果不仅仅是感动,多一些实际的行动,让一种顽强向上的精神在心中播种、生根、开花,那应该是灾难后的一种收获,用这种收获来纪念已逝的亡灵,让他们看到祖国的强盛、社会的安定、人民的幸福,也许是值得他们欣慰的!

红绿灯下见精神

不久前,经过三元坊的十字路口,目睹了这样一件事:

不知是指示灯出了故障,还是交警同志未注意到,十字路口东西方向的红灯长时间地亮着,足有三四分钟。这时,人行横道后面已停满了一大片的自行车。尽管行人已经意识到是红灯出了故障,尽管他们脸上都流露出焦急的神情,但没有发现一个人因此越过人行横道线,人们极有秩序地等待着绿灯的出现……

"红灯停、绿灯行",这是一项最基本的交通规则。然而,就是这类常识性规范,过去人们往往遵守不好,闯红灯现象司空见惯,甚至有人以闯红灯为"勇敢"的行为,或以各种理由为自己辩解。而如今,红绿灯下发生的这种细微的变化,恰恰从一个侧面反映了苏州市民的素质在悄然发生转变,自省自律、遵纪守法、谦恭礼让逐步成为一种新时尚。

近几年,我们可以注意到,报纸、电视、广播等新闻媒体的正面宣传多了,积极向上的氛围逐步浓了。连续的、系统的道德教育使广大市民强化了法律观念、是非标准,人们知道了应该做什么、应该怎么做。红绿灯好比是一面镜子,人们的所作所为,无论是不良习惯、不雅行为,还是文明举止,在它面前清晰可见,暴露无遗。红绿灯下的这种变化,同时还告诉我们,提高苏州市民的整体素质,提高苏州城市的文明程度,要从最基本的准则和规范做起。涓涓之流,可以汇成大海。如果每个人都从每一个细微之处规范自己的行为,那么,遵纪守法必然蔚然成风;反之,如果一个人连最基本的行为规范都做不到,那么,做文明市民,建文明城市便无从谈起。红绿灯下的变化,是微乎其微的一件小事,但它所折射出来的精神则是令人兴奋的。

后记

　　这是我的第一本书,尽管文字简单、平凡,甚至笔触还有些稚嫩,但我还是十分兴奋,觉得自己又"偶尔美丽"了一回。我不是作家,也不会成为作家,我的这些文字只是成长的记录、情感的流露。

　　我们都在成长,小时候等待长大,成年后走向成熟,人应该在不断的成长中越来越有力量。在整理这些文稿的时候,我的内心常常泛起一丝温暖,因为这些文字,留住了记忆的碎片,让它没有淹没在如梭的光阴里。

　　回顾每一个撰写这些文字的过往,总会浮现出一幕幕场景,或感动、或快乐、或伤感、或纠结,而更多的是用坦然与安静去感受和认知这个世界的人与事。作为一名女性,我希望"偶尔美丽"继续成为自己的一种境界,希望自己在"偶尔美丽"的状态下继续成长。我珍惜身边所有的爱,在怀旧的"往事如昨"和温情的"孩子笑脸"中感恩亲人、爱人、友人的给予;我善待自己,在自由的"游游走走"、悠然的"如水情怀"中感悟生活的丰富;我努力学习工作,在平实的"且行且思"中体会工作的意义，不断实现自我完善。作为这本集子的作者，我希望读者能够在读完它的时候，也感受到一种成长的力量，这种力量不猛烈却循序渐进，充满温情且源源不断，从而推动着我们蜕变：有着坚强的内心并温婉动人，有着幸福的生活并低调诚恳，有着向上的动力并知足感恩。

　　用安静的心感应世间，用清澈的文字记录成长。借此书的出版，感谢在我成长过程中关怀、激励、提醒过我的所有师长、亲朋、好友，由衷地致以谢意！

图书在版编目（CIP）数据

偶尔美丽/汪苏春著.—上海：文汇出版社，2014.3
ISBN 978-7-5496-1152-2

Ⅰ.①偶… Ⅱ.①汪… Ⅲ.①散文集—中国—当代
Ⅳ.①I267

中国版本图书馆CIP数据核字(2014)第050549号

偶尔美丽

著　　者 / 汪苏春
责任编辑 / 熊　勇
特约编辑 / 张　琦
封面题字 / 汪苏春
装帧设计 / 周　晨

出版发行 / **文匯**出版社
　　　　　上海市威海路755号
　　　　　（邮政编码200041）
印刷装订 / 苏州市越洋印刷有限公司
版　　次 / 2014年3月第1版
印　　次 / 2014年3月第1次印刷
开　　本 / 880×1230　1/32
印　　张 / 7
字　　数 / 110千
ISBN 978-7-5496-1152-2
定　　价 / 39.00元